危《あや》うい国・日本

Japan is in Danger

百田尚樹
江崎道朗

WAC

はじめに――日本を危機に陥れる「デュープス」をご存じですか？

今、日本は戦後最大の危機を迎えていると言っても過言ではありません。これは国の根幹である安全保障を長年にわたってアメリカに任せきりにしてきたツケが一気にまわってきた結果とも言えます。

二〇二〇年一月、中国において新型コロナウイルスの感染爆発が起こった時、日本政府は固まったまま、何の対応も取れませんでした。世界の国が次々に中国からの渡航者をストップさせているにもかかわらず、日本が実質的に中国全土から渡航禁止措置を取ったのは二カ月も遅れた三月です。しかしこれは政府の怠慢だけではありません。野党もメディアも専門家も、そして私たち国民も、「たいしたことにはならないだろう」という楽観論に染まっていた結果です。政府というのはその国の国民以上に賢明なものはできません。

長い間、見せかけの平和の上に胡坐《あぐら》をかいていた日本は、目の前の危機に対しても、まるで対岸の火事でも見つめるように中国コロナ騒動を眺めていたのです。今これを書いているのは三月の終わりです。この後、日本でこのウイルスがどのように拡大していくのか、あるいは収束していくのかは、現時点では予測もつきません。

しかしながら仮に春以降に収束したとしても、私の胸に芽生えた日本政府への不信感を拭《ぬぐ》うことはできません。

もし次にもっと恐ろしいウイルスが他国で出現したら、日本はまた同じような対応しか取れないのではないかという思いです。またウイルスではなく、他国から軍事行動を起こされた場合、ただちに対応策を取れるのかという不安です。たとえば、他国が日本に向けてミサイル発射の準備を行なっているという情報を政府が摑《つか》んだ時、首相はいかなる決断を下すのでしょう。

いきなり不安なことばかり書いて申し訳ありません。

今回の新型コロナウイルス(中国肺炎)は、もしかしたら私たち国民と政府を目覚めさせるきっかけを与えてくれたと言えるかもしれません。それは「国を守る」「国民の命を守る」とはどういうことかを私たちが初めて考えることができたからです。

この対談が行なわれたきっかけもそれです。江崎道朗さんは安全保障とインテリジェンス(情報機関)に関する評論家です。また長年にわたって共産主義とコミンテルンの研究を続けておられます。

対談のテーマは「安全保障」「危機管理」「憲法改正」「歴史認識」など多岐にわたりました。対談を重ねるうち、それらの問題に大きくかかわってくるのが「共産主義」および「共産主義者」ということもわかってきました。かかわっているというよりも、もっとはっきり言えば、日本を良くしない方向へ働き掛けている存在です。

皆さんは「デュープス」という言葉をご存じでしょうか。これは直訳すると「おバカさん」という意味ですが、単なるバカではありません。政治的な意味を含んだ言葉で、「共産主義者ではないのに、共産主義者と同じことを主張し、同じ行動をする、おバカさん」なのです。恐ろしいことに、今の日本を危機に陥れている一番大きな存在は、もしかしたらこの「デュープス」かもしれないのです。

共産主義（社会主義）国家は人々を幸福にしない政治体制であるというのは、二十一世紀の今日、完全に明らかになっています。一九一七年のロシア革命以来、世界では多くの共産主義国家が生まれましたが、幸せになったのは権力を握った一部の特権階級のみで、大多数の国民は塗炭《とたん》の苦しみを味わいました。粛清、虐殺、貧困、言論弾圧、監視社会が生まれるのが共産主義国です。

にもかかわらず、日本を含む自由主義社会において、共産主義の信奉者ではないのに、彼らと同じことを言い、同じことをする「デュープス」という存在が多数生まれています。

学者や文化人、ジャーナリスト、小説家、映画監督、芸能人、それに普通の市民の中にも「デュープス」は多数存在します。彼らの存在がいかにやっかいなものか、対談の中でも熱く語っています。

実は彼らは自然発生的に生まれたものではありません。そもそも彼らをこしらえたのは「コミンテルン」という存在です。初期の「コミンテルン」はロシア革命を成し遂げたソ連が、地球上のすべての国を共産主義国家にするために、世界各国の中に作った組織です（その後、初期の方針は変化します）。ちなみに今、世界を脅かしている共産主義大国の中国共産党も、そもそもはソ連が戦前に中国で作ったコミンテルン中国支部が前身です。コミンテルンは一九四三年に消滅しましたが、形を変えて今も世界中に存在します。彼らは共産主義者を作り上げることを目的としていますが、同時に共産主義者そっくりのデュープスも作り上げているのです。

現在、アメリカを中心に、コミンテルンの研究が進んでいます。そのための最も重要な資料が「ヴェノナ文書」と呼ばれるものです。これは戦前のソ連のスパイが交わした暗号文書です。ただ、ヴェノナ文書は膨大な量で、研究は緒に就いたばかりです。

それでも、既に判明していることだけでも驚愕《きようがく》すべき内容が明らかになっています。それは戦前のアメリカ合衆国の政治中枢に共産主義が浸透していたということです。また戦後の日本占領政策にもソ連のスパイたちの影響を受けていることがわかりました。恐ろしいのは、その影響が今も続いているということです。

話がかなり逸《そ》れましたが、この本ではそうしたコミンテルンの歴史なども踏まえて、現代の日本の問題点を語り合っています。

江崎さんとの対談は実に知的でスリリングでエキサイティングなものでした。おそらくこの本を手に取っておられる読者の皆さんも、同じ気持ちになることでしょう。

この対談の機会を与えてくださったWACの関係者に心から感謝します。

令和二年三月吉日

百田尚樹

危《あや》うい国・日本

●目次

はじめに――日本を危機に陥れる「デュープス」をご存じですか？　百田尚樹　1

第1章　日本はやっぱり「カエルの楽園」――「中国肺炎」の教訓　14

安倍首相にも直言した――日本は「中国封鎖」を断乎やるべし／なんで小池都知事や兵庫県知事は貴重なマスクを送ったのか／WHOと中共の発表を信じる者は騙される／医療被害の真実を伝えると消される？／ガダルカナル同様、戦力の逐次投入をしたミス／出入国管理法5条14項適用を全中国人になぜしなかった／対外情報機関がないから判断が遅れた／もっと自衛隊法第83条の活用を／「新型コロナウイルス」は生物化学兵器から生まれた？／日本は「安全な国」とのイメージをいかに取り戻すか／野党議員のみっともない「後出しジャンケン」

第2章　憲法改正はなぜ進まないのか　55

肝心の自民党にやる気がない／国民に対する裏切り――「ヤルヤル詐欺」は許せない／政治家のあるべき姿――トランプと小泉に学べ／主張を平気で180度転換し、右往左往する議員たち／カネを使って独自情報を収集する／日本の国会議員に当事者意識がない――野田聖子の暴言／「親分肌」の政治家は絶滅危惧種――いまは二階幹事長だけ？／生活費獲得のために国会議員になる――「恒産なくして恒心なし」／「悪法も法なり？」――「憲法9条こそ憲法違反」なり／憲法と憲法典は違う／日本の憲法学者は神学者のような存在／宮澤俊義の「八月革命説」は己の保身が生んだ暴論／さらに惨めな横田喜三郎／「護憲・平和バト」の「デュープス」にだまされるな／共産主義の残虐な歴史を見よ／「カルタゴの悲劇」がなかった分、平和ボケが進行／歴史力は『日本国紀』、想像力は『カエルの楽園』で学ぶべし／『日本国紀』が『真昼の暗黒』のように日本を変える！／政治は誰がやっても同じではなかった

第3章　本当に危うい日本の安全保障　111

容共リベラル・オバマ政権の錯覚／「テロとの闘い」から「大国との闘い」へ転換／軍拡する上で製造業の空洞化が深刻な課題／北朝鮮を軍事的に叩けない本当の理由／首相官邸を一瞬に制圧されたらおわり／尖閣の次に危ないのが対馬／米軍は弱くなった？／中国を経済的に封じ込めるべき／GDP1％の防衛費は少なすぎる／日本周辺を守る第七艦隊の駆逐艦は僅か8隻／日本は四方面での対応が必要／「たまに撃つ　弾が無いのが　玉に傷」は不変のまま／安倍政権は縦割り行政打破の狼煙を上げる

第4章 日本人のための「日本の歴史」を取り戻そう 151

毎朝、ご飯が食べられる奇跡／インドネシアより経済発展した謎／「日本人は何者なのか」を考える／「アホ」でも「オッケー」のAO入試は国を滅ぼす／自虐史観を捨て誇りと自信を取り戻せ／日露戦争は人類のエポックメーキング

第5章 インテリジェンスなき日本でいいのか 181

日本人はインテリジェンスが苦手か／情報を軽視したトップの責任／アメリカの卓越した偽装工作／ミッドウェー海戦で日本海軍の動きは読まれていた／米国は日本民族を徹底調査、日本は英語使いを一兵卒扱い／熟練工を戦地に行かせたために稼働率が低下／「ゼロ戦」を牛車で運ぶ愚かさ／「部分最適」より「全体最適」を優先すべきだったのに／日本のハイテク企業が衰退した理由とは／これからは「ダイム（DIME）」の時代だ――軍人は経済、金融政策に関心を持て／日本陸軍と日本海軍の対立／「言霊信仰」が大東亜戦争敗因と原発ミスのキーポイント／「ダチョウの平和」はもう通じない

第6章　コミンテルンの亡霊に怯えるな。しかしデュープスを注視せよ　213
ソ連に乗っ取られていた「ホワイトハウス」／司法・最高裁判事の任命をめぐる戦争／昔「赤狩り」、今「鷹狩り」／軍人が政治家になるメリットとは／百田さんが政府広報官になる日／「ヴェノナ」で歴史解釈は修正されて当然／対日占領政策策定に関与したノーマンはソ連スパイ？／ニューディーラー派と反共派の抗争／日本の共産化を食い止めた昭和天皇／昭和天皇の全国御巡幸に国民が大歓声／戦争に負けて日本は平和になったというのはウソ／ソ連のスパイが日米分断に動く／スパイは大将（大統領）を操る／「天皇制」廃止のためのビッソンの地雷／日本には「デュープス」が一杯いる／東大法学部は「デュープスの総本山」か／エリート官僚と共産主義の思考は底辺でつながっている／日米が連携すれば「歴史戦」でも負けない

おわりに――インテリジェンスの重要性を知ってください　江崎道朗　275

取材協力／佐藤克己
装幀／須川貴弘（ＷＡＣ装幀室）

第1章

日本はやっぱり「カエルの楽園」——「中国肺炎」の教訓

安倍首相にも直言した――日本は「中国封鎖」を断乎やるべし

――二〇一九年十二月に発生した「武漢ウイルス」による「中国（中共）肺炎」の被害は世界各国に広がりました。二〇二〇年三月末日の時点で、その感染者は世界中で八十万人を越え、死者も四万人を越えています。残念なことに、日本にもその被害が波及してしまいました。三月二十九日には、コメディアンの志村けんさんが、この病気で亡くなり、日本中に衝撃が走りました。

一方、習近平の国賓にての訪日が中止延期されました。それは不幸中の幸いではあったものの、やはり、「中国肺炎」ショックは、さまざまな課題を日本に突きつけましたね。

百田　三月五日に政府はようやく中国・韓国からの入国を実質的に、ほぼ全面的に止めるという声明を出しましたが、これはあまりにも遅かったと言わざるを得ません。

残念ながら、すでに日本国内でも多くの人が中国肺炎に感染し、志村さんなど亡くなった方も出ています。もし春節で中国人が大量に日本にやってくる前に、シャットアウトしておけば、もしかしたら防げた可能性もあったのではないかと思います。しかし政府はそれを実行しませんでした。呆れたことに、死者が出始めた段階（二月中旬）でも、政府は中国人の入国を完全に止めようとしませんでした。ほぼ一カ月、まるで固まったように動きませんでした。

政府は三月に入って「この二週間が正念場」と宣言し、学校の休校を要請する事態となりましたが、その時点でも、まだ中国人観光客を止めていなかったのです。

江崎　日本政府は、武漢・湖北省からの入国を制限し、近隣の浙江省に滞在歴のある外国人の入国も拒絶するようにしましたが、諸外国の多くは、中国「全土」からの入国を拒否するところが多かった。二月の早い時点で、アメリカ、オーストラリア、シンガポール、インドネシア、フィリッピン、ベトナム、インド、モンゴル、台湾などは完全拒否です。

二月初旬の時点では、新型肺炎の実態はよく分かっていなかったわけですし、ＷＨＯ（世界保健機関）もさほど深刻に考えていなかった。何よりも中国が情報を隠蔽していた。そのため事態を軽く見たのでしょうが、日本の対応は明らかに鈍かったと言えます。

百田　日本の政治家たちは「カエルの脳みそ」以下の連中というしかありません。こんな事態になっても、国会では、立憲民主党をはじめ、野党のほとんどが、サクラがどうしたこうしたの議論を優先していました。どうかしてると思います。

繰り返しますが、中国が武漢を封鎖した時（一月二十三日）に、日本も中国人観光客を全面ストップすべきだったんです。私は武漢封鎖の前日に、ツイッターで、「ただちに中国からの観光客を止めるべきだ」と書いています。その時点では、ツイッターでそういう主張をしていた著名人は、高須クリニックの高須院長やジャーナリストの有本香さんらほんの数人でした。私が出演しているネット番組「虎ノ門ニュース」でも、翌週には強く主張していました。

それを三月の終わりになってから、日本政府の対応が遅すぎる、中国からの入国をもっと早くから止めるべきだったなんて言う奴（石破茂氏など）がいますが、「お前ら、二カ月前にそれを言ってたのか」と言いたいですね。「虎ノ門ニュース」の出演者の中にも、「新型肺炎はインフルエンザよりも怖くない。中国人観光客を止めても効果なし」なんてことを言っている論客もいました。要するに、危機意識がない人が大勢いたということです。

江崎　アメリカ政府は、一月三十一日の段階で、アザー厚生長官が「米国としての公衆衛生上の緊急事態を宣言する」と表明しました。

そして、新型肺炎（中国肺炎）の震源とされる中国・湖北省に渡航した米国民を強制的に隔離するほか、過去二週間、中国に滞在した外国人の入国も拒否する措置を講じたのです。それ以前に、米国務省は、中国への渡航警戒レベルを引き上げ、米国民に中国へ渡航しないよう勧告もしていました。

要するにアメリカは日本と違って国民健康保健制度も整っていませんし、危機管理を重視しているので、新型肺炎の危険性を何らかの形で把握し、楽観的な見通しを示すＷＨＯの意向に逆らって、新型肺炎がアメリカに来ないような措置をとったわけですね。

百田　アメリカ政府のやったことは自国民の安全を守るために当然のことです。「中国肺炎」をめぐっては、トランプ大統領と安倍晋三首相との力量の差が出ましたね。今回、日本という国は緊急事態に対する危機管理がまったくできない国であることが露呈したといえます。私は、いまこのことに絶望的な気持ちになっています。安倍内閣の支持率も急落しました。安保法制制定時やモリカケ騒動の時も支持率はマスコミの印象操作報道で一時的に低落したもののすぐに回復した。それは安倍首相が悪いことをしたからではなかったからです。

しかし、今回ばかりは安倍首相のリーダーシップのなさが露呈しての低下です。支持率を回復するためには、よほどの手腕を見せないといけません。幸い、二月二十八日の夜、有本香さんとご一緒に安倍首相と懇談（会食）する機会がありました。ここで述べるようなことをあらいざらい喋らせていただきました。その思いを改めてここで述べていきたいと思います。

なんで小池都知事や兵庫県知事は貴重なマスクを送ったのか

江崎　二月四日、虎ノ門ニュースに出演させていただいた際に指摘しましたが、リーダーシップの差、政治家の個人的力量の差もあるでしょうが、対外インテリジェンス機関の有無も重要だと思います。

果敢な決断をしたアメリカも台湾も、中国各地に協力者を配置してヒューミント（人間を活用した諜報）を通じて、武漢を含む中国各地で何が起こっているのか、中国の公式発表やＷＨＯの判断が実態と異なることを早期に把握できていたのだと思います。正しい情報があってこそ、政治は正しい判断を下せるのですから。

ところが日本には、対外インテリジェンス機関は存在しない。よって同盟国アメリカや台湾などから情報をもらうしかない。正確な情報をもらえなければ、中国政府の公式発表を頼りにするしかないわけですが、中国政府の公式発表を鵜呑みになんかできない。よってどう判断したらいいのか分からないまま、オリンピックや中国人観光客などのこともあってか、中国への忖度が優先されてしまい、果敢な対応を取ることができなかったと思われます。

百田　中国人シャットアウトの代わりに何をやったかと言えば、唖然とすることに、備蓄していたマスクや防護服を気前よく中国にくれてやったことです。東京都や兵庫県をはじめとする各自治体が我先にそんなことをしました。私の住んでいる兵庫県の井戸敏三知事は、なんと県が緊急時用に備蓄していた百二十万のマスクの中から百万も送ったのです。その時点でマスクがなくて困っている県立病院があるのにです。もちろんマスクを買えない県民は多数いました。このニュースを見たとき、この知事はほんまもんのバカだと思いましたね。こいつを落選させるためにも次の知事選にワシが出たろうかなと（笑）。一瞬そう思うくらい腹が立ちましたね。

――「Ｗ・ｉＬＬ」でも活躍していた灘校出身のコラムニストの勝谷誠彦さんが、前回知事選に出て健闘しましたが、井戸氏が当選しましたね。勝谷さんはその後、体調を崩されて五十七歳の若さで亡くなりましたが、彼が県知事だったら、そんなバカなことはしなかったでしょう。

江崎　乾パンやカップラーメンを送るのと違って、そもそも日本国内で売られているマスクにしても中国製が大半です。その中国で、自動車の部品やらメーカーの工場が休止状態になって、日本国内の工場でも生産停止になったりしていた段階で、そういう貴重な備蓄を送るのは危機管理の視点からも疑問です。

穿った見方をすれば、大量のマスクを送るので、新型肺炎についての情報をもらえませんかと、取引を持ち掛けたのかもしれませんが。

マスクを大量に送ったことに対して、中国の微博などで日本を評価するという声もあったようですが、中国の指導者に、そういう感謝の心があるわけもない。

百田　中国共産党からすれば「貢ぎ物」が届いたくらいの感覚でしょう。だから、恩義に感じるなんてことはこれっぽっちもありません。それどころか、一段下に見て、ますます図に乗るだけです。その証拠に、尖閣諸島に差し向ける公船の数が減るということは一切ありません。今この時も、日本を恫喝《どうかつ》しまくっています。これが中国という国です。

万が一、日本でパンデミックが起こり、在日米軍が一時、日本、とりわけ沖縄から避退したら、中国は尖閣を奪いに来ることも考えておくべきでしょう。

中国は昔から大衆の不満が高まると、それを逸《そ》らすために外交問題で強く出る国です。一九七九年の中越戦争みたいに戦争に訴えることだって平気でやる。中国肺炎の対処をめぐって沸き上がっている国民の共産党への批判を逸らして、さらに新しい領土も手に入る。まさに一石二鳥となりかねない。そんな国に何度もいいますが、マスクや防護服を送るなんてアホ。ゴーマンの塊みたいな中国に情けは無用ですよ。

江崎 「資本家は自分の首を絞めるロープまで売る」——とはソ連の指導者であったレーニンの言葉と言われていますが、有料ならまだしも無料ですからね（苦笑）。もっとも、マスクを送るから、武漢にいる日本人を飛行機で脱出させることを認めろと「取引」をしたのかも知れませんが。

百田 自民党の二階俊博幹事長は、なんと自民党国会議員に一人当たり五千円を拠出して中国への支援金にしようとした。幸い、党内の「日本の尊厳と国益を護る会」の山田宏幹事長たちが反対して、強制徴収ではなく有志のみ、したい人がすることになりましたが、こんな「朝貢」めいた発想がよく浮かぶものだと呆れます。

また、東京都の小池知事も、防災用に備蓄していた防護服を最大十万着、マスク百万枚を無償で中国に提供するという。先述したように、兵庫県も備蓄したマスク百二十万枚の内、百万枚を姉妹都市・中国広東市、海南市に送った。その前後から日本国内でも、東京都の病院ではマスクが足らなくて、困っているとの報道がありました（「医療現場もマスク不足」「新型肺炎拡大で品薄常態化」「安定供給へ対策急いで」日経２・13）。

小池知事は「裸の王様」になっていて、「現場」をまったく、知らないのではないでしょうか。どうも自民党の二階幹事長の要請に小池知事が応えたらしいのですが、夏の都知事選で小池氏は二階さんの支持が欲しいから、媚びを売っているのではないか。その二階さんは「中国は親戚のようなものだから、困っていたら助けないといけない」と言っている。小池知事も「雪中送炭」（困窮している人に物資を送ったりして助けること。雪の寒さで困っている人に、炭をあげて暖めるという意）になるし、発生元に医療物資を送れば、その発生を抑えることにもなるからと弁明していますが、本末転倒の発想というしかない。中国は日本の親戚などではありません。あかの他人です。しかも日本に敵意を持っている厄介な隣人です。ハッキリ言います。二階さんと、小池さんは「売国奴」です。

中国人というか、少なくとも中国共産党はたとえ、日本人から善意を受けても、まったく感謝しません。現に、日本が無償で防護服、マスクを中国に提供すると表明した直後、中国軍の爆撃機を日本の宮古海峡、東シナ海の近くを通過させたじゃないですか。尖閣への侵犯も相変わらずやっている。困っているからと言って手を差し伸べているのに、その人を棒で平気で叩く。それが中国です。安っぽい、人道主義はいい加減にしてほしい。中国はどんなことがあっても、尖閣諸島と沖縄を取りに来る決意を、ハッキリさせたのです。

WHOと中共の発表を信じる者は騙される

江崎　尖閣問題については昨年末、重要なニュースが報じられています。

《沖縄県・尖閣諸島（中国名・釣魚島）の領海に2008年12月8日、中国公船が初めて侵入した事件で、公船の当時の指揮官が29日までに共同通信の取材に応じ、中国指導部の指示に従った行動だったと明言した上で「日本の実効支配打破を目的に06年から準備していた」と周到に計画していたことを明らかにした。指揮官が公に当時の内実を証言するのは初めて。

証言したのは、上海市の中国太平洋学会海洋安全研究センターの郁志栄主任（67）。当時は海洋権益保護を担当する国家海洋局で、東シナ海を管轄する海監東海総隊の副総隊長として、初の領海侵入をした公船に乗船し指揮していた》《12月30日付共同通信》

本来ならば、安倍政権はこの報道の真偽を習近平政権に問うべきだし、恐らくそうしていると信じたいですが、明確なことは、習近平政権は、訪日を前に改めて尖閣諸島を支配する国家意思を明確にしてきたわけです。

実はこれに対して明確な反論をしたのは、アメリカのトランプ政権でした。

《２０２０年1月14日、中国紙・環球時報は、「米中関係が悪化すれば、尖閣諸島に極超音速ミサイルを配備する」と米陸軍の高官が述べたと報じた。

環球時報によると、米陸軍のライアン・マッカーシー長官は10日、米シンクタンク、ブルッキングス研究所で行われたインタビューで、米陸軍が中国とロシアに備えるため、電子戦、サイバー攻撃、極超音速ミサイルなどによる作戦を行うことができる「マルチドメインタスクフォース」を太平洋地域に配備する計画に言及した。

そして、「今後、米中関係が悪化し、対立が激しさを増すネガティブな状況になった場合、どのように配備するか」と問われると、「尖閣諸島、もしくは南シナ海のどこかに、この新しい部隊を配備することができる」と述べたという。（翻訳・編集／柳川）》（1月15日付Record China）

中国が尖閣を取ろうとするならば、米軍基地を尖閣に置くぞと、反論したわけです。マッカーシー陸軍長官の発言は、安倍政権が上手くトランプ政権を巻き込んで対応してきた結果だと信じたいですが、この一連の動きにおいて「日本の国家意思」が一向に見えてきません。

今回の新型肺炎についても、一月下旬の時点では日本政府の存在感は薄かった。

入国制限措置を取ったアメリカに対して中国外務省は、「ＷＨＯ（世界保健機関）は渡航制限を控えるよう各国に促したが、米国はすぐさま正反対の動きに出た」「実に卑劣だ」と批判した。習近平訪日の準備や検事総長人事、増税による景気悪化などで手一杯だったのでしょうが、米中両国が激しくやり取りをしている中で、日本はそのやり取りを眺めているだけのような感じでしたね。

肝心のWHOのテドロス・アダノム事務局長は、中国のスポークスマンみたいな人で、一月二十二日、二十三日に開催されたWHOの緊急委員会で「国際的に懸念される公衆衛生上の緊急事態」の宣言を見送ったりしましたよね。でも、その後も被害は拡大・拡散し、二月十一日になって、「新型ウイルスは世界にとって非常に重大な脅威だ」との認識を表明、さらに三月九日には「パンデミックの脅威は非常に現実的になってきた」と述べ、三月十一日には「パンデミックになった」と宣言しました。

いやー、これほど短期間に発言がぶれる国際機関のトップも珍しいですね。国際機関がいかに信用ならないのか、今回のことで痛感した方も多かったのではないでしょうか。そして、対外インテリジェンス機関を持たないということは、こんな信用ならない国際機関に頼るということなんですよ。

百田 テドロス事務局長は、やることなすこと、完全に中国の代弁者ですね。解任したほうがいい。解任を求める署名活動も国際的に始まっているようですが、高須クリニックの高須克弥院長を事務局長にしたほうがいいね（笑）。

江崎 テドロス氏は中国から巨額投資を受けているエチオピアの元保健相ですからね。中国の代弁者だと疑われても仕方がない。日本が対外インテリジェンス機関を持っていれば、テドロス氏と中国との関係を徹底的に調べて、更迭するよう工作を仕掛けることができるんですが。

――カジノ推進のために、関連する中国企業から金をもらったとして逮捕された自民党の政治家みたいに胡散臭いところがありますね。

江崎　そもそも、中国の発表している肺炎情報がどこまで信用できるのか。中国政府が情報を正確に開示していればこんなに世界に広がらなかったかも知れないのですからね。昨年十二月八日ごろに武漢での感染者のケースが非公式のネットで最初に伝えられたものの、地元当局は秘密にしていたし、中国の官営メディアが初めて報道したのが今年一月九日だった。

習近平がこの件で、初めて指示を出したのは一月二十日。習主席はこのとき、「断固としてウイルスの蔓延を阻止するように」と命令し、情報の即時公開などを指示したのですが、時すでに、病気の最初の発生から四十日以上が過ぎていたわけですよ。感染病なのに、こんなスローモーな対応があっていいはずがない。

ところが、二月十五日になって、突如、中国共産党の理論誌「求是」のウェブサイトで、新型肺炎対策をめぐる習近平の演説が発表されて、実は、習近平は「新型コロナウイルス肺炎に関して一月七日に警告した」とやりだした。

百田　よく言うわ。「後出しジャンケン」もいいところ（笑）。

江崎　一月七日にそんな警告を発していたというわりには、その後、習近平はのんびりと一月十七日から十八日にかけてミャンマーに外遊に出掛け、スーチンさんと懇談しています。そのあと、十九日から二十一日まで雲南巡りをしている。臨戦態勢を布いていない。やっと武漢を視察に行ったのが三月十日。歓迎する市民が窓から手を振るシーンなどがありましたが、ミエミエの演出ぶりでした。

百田　こういうお国柄ですから、「中国肺炎」の感染者数、死亡者数の発表も眉唾物として見なくてはいけない。

江崎　中国で確かな数字が分からないのは、隠蔽しているのではなくて、医療のマンパワーが足らなくて、感染者数を確定していく分析能力がないという面もあるかもしれない。医者が患者を診る数は限られます。中国では感染者が多過ぎて診断することができる医者が足りない。そのように理解することも可能かもしれません。

もちろん、「南京大虐殺」の犠牲者数や自国の経済成長率は水増し、天安門と事件の犠牲者数は低めにするといった伝統的手法からすれば、今回の感染者数、死者数も低めにカウントしている可能性が高い。ですから、中国の発表する「数字」を鵜呑みにするのは危険です。だからこそ、中国当局の公式発表の間違いを指摘できるだけの「情報」を日本政府も持っておかないといけない。

その一方で日本側は、感染経路は初期の段階だと一部を除いておおむね特定できていました。感染経路が分かっていれば、対策を講じやすい。日本の医者は真面目でキチンと対応します。しかも日本は何より手洗い、うがいを日頃からする「清潔」の民ですからね。お隣の国とは全然、違う。ただ、中国人観光客などをシャットアウトできなかったこともあって、感染経路が不明な感染者が日本国内でも多数発生してしまった。

医療被害の真実を伝えると消される？

百田　そうですね。たまに私は病院に行きますが、行ったらインフルエンザが流行していなくてもいつでも長時間、待たされますよね。一時間ぐらいは当たり前で、悪ければ二時間近くなることもあります。

ところが、突然、街に疫病が流行り患者が二倍、三倍来るようになれば、その病院はたちまちパニック状態になるでしょう。一日で患者を診る人数は決まっていますよね。医者一人が診る患者の量はおのずから限界がある。それを超えたら、三時間、四時間待とうが、医者はすべての患者を診察するのは不可能です。ほんのちょっと増えただけで、一種の医療パニックとなります。大変なことになるのです。武漢の病院のような状況を見ていたら、日本の病院とて「明日は我が身」ですよ。

江崎　武漢市の場合、マンパワーが不足していたことも大きな要因だと思います。そして、根本的に中国医療の仕組みが日本とは違っています。日本は民間病院が各地域で医療活動の拠点になっており、民間病院に勤務している医者は良心に従ってキチンと物を言う。治療を施すうえで、それに関する改善など自治体や政府に要請もします。

それに対して中国の場合、公的な病院がメインですし、そもそも一党独裁で言論の自由がない。ですから、医者としても医療現場の実態を外部に公表することもままならない。たとえば薬が足らないから、何とかしてほしいという事も言えないのです。それを報じる「マスコミ」も所詮は共産党の支配下に置かれている官製マスコミでしかない。

ともあれ、民間だったら自分たちが独自にさまざまな医療手段をこうじることが出来ますが、それも出来ない。薬がない、人手が足りないなどと言えば、共産党批判と見做されるので、ただ黙々と医療活動をせざるを得ない。

武漢の医者の李文亮さんは、昨年十二月末の段階で、武漢市で「原因不明の肺炎」が確認された際、「SARSが発生した」と友人とのSNSのグループチャットに投稿したりしたものの、警察から「デマの情報を流した」として訓戒の処分を受けたりもしていましたよね。彼はその後、新型肺炎の患者を診察した際の濃厚接触が原因で死亡しています。そういう直言ができないのが中国のシステムなのです。

ほかにも、医者でなくても、武漢でネット（ツイッター、ユーチューブ）などを通じて医療現場の問題点を伝えていた元弁護士、陳秋実さんも行方不明になった。

百田　前述したように、武漢市が一月二十三日に突如封鎖されましたね。聞くところによると封鎖と同時に公共交通機関もすぐさま止まりました。実際に移動できるのはクルマだけですが、ガソリンスタンドも営業中止にさせられたので、実質クルマ移動も不可能になります。つまり、ほとんどの市民は体の調子が悪いからと、医療施設の整っている大きな病院に行こうとしても行けない事態になったというわけです。

東京を考えてみれば分かります。ＪＲも私鉄も地下鉄もバスも止まったら、大きな病院に行こうと思っても歩いて三十分ぐらいなら必死に行きますが、二時間かかるようでしたら行きませんよね。そして私が心配なのは病院に勤務している医者とか看護婦（看護士）も病院にたどり着けないということです。

武漢市の病院スタッフは病院で寝泊まりしているようですが、彼らは大変だと思います。前のＳＡＲＳの時は、石平さんが言っていましたが、感染数も死者数もすべて北京政府が把握していたそうです。そのうえで、発表数字を誤魔化したのです。しかし、今回の新型コロナウィルスは中国政府そのものが感染者数も死者数も把握できていないというのが石平さんの見立てです。それはたしかに言えますね。事態はそこまで深刻で制御不能になっている可能性も高い。

ガダルカナル同様、戦力の逐次投入をしたミス

江崎　同感です。先述したように、中国の医療機関は基本的に「お役所」です。日本でいうところの「親方日の丸」ならぬ「親方五星紅旗」。非常に官僚的で事務的だし、市民は行く病院の選択肢がありません。日本の場合はいろいろな病院があって選択肢がまだある。それを踏まえたうえで、中国の発表、報道が事実かどうかを確認していく術《すべ》、インテリジェンスを日本政府側は持っていませんでした。それが問題です。

百田　安倍総理は二月三日の衆議院予算委員会で、「日本国内でのコロナウィルス感染防止に総力を挙げる」と表明しましたね。当時の段階で、国内の感染症例が広がる中、国内の検査や相談体制の充実、拡大は喫緊《きっきん》の課題だとして、民間との連携も視野に入れ簡易検査キットの開発に着手したと述べました。

総理は総力を挙げると表明しましたが、私から見ると全然ダメというか、まったくなっていません。英語で言うところの"too little, too late"で、政府のやり方を見ていると、戦力を逐次的に投入して敗北した大日本帝国陸軍を彷彿させますね。ガダルカナルに攻めてきた米軍相手に、たいしたことはないだろうと軽く考えて、戦力の逐次投入をやって敗れてしまった戦訓を思い起こしてほしい。こんなやり方ではコロナウイルスとの「戦争」に

勝てるわけがない。

一月二十四日からの中国の春節開始の頃からすでに危ない状況だった。にも拘わらず、中国から観光客がバンバン、日本に入ってきましたよね。先ほども言ったように、その時、私をはじめ心ある人たちが「中国人の来日を全面的に止めるべきだ」と、叫んでいましたよね。ところが武漢市が封鎖されてからも、全然、中国人観光客の訪日を日本政府は止めませんでした。観光客の中には、武漢封鎖の前に武漢から出た中国人観光客もいます。一説には武漢封鎖の直前、五百万人の市民が市外に脱出したという話もあります。それに対して日本政府は「水際で食い止める」と言いました。で、その水際作戦とはどんなものかと言いますと――なんと、武漢市から訪れた中国人観光客に発熱のある人は自己申告をしてくださいと、それで発熱のある人は調べます、感染していたら入国しないで下さいとお願いするというものです。

何ですか、これは！　誰が正直に申告しますか。折角、時間とおカネを掛けて日本に来て、楽しみたいと思っていたのに即刻、帰国するなんて誰でも嫌ですよね。「実は私、熱がありますす」「武漢にいたので、もしかしたらコロナウィルスに感染してるかもしれません」なんて言うはずがない。日本の水際作戦を聞いた時に、どんな頭の悪い官僚が考えたのだろうと思いましたよ。

江崎　法令上、強制的措置が取れないというのはある程度は分かります。日本の法律がそういう点で危機管理において不備があるのはまぎれもない事実です。

しかし、水際対策ももっとやりようがあった。例えば、平成二十一年の鳥インフルエンザのときは、新型インフルエンザ汚染国から到着した航空機を対象に、機内検疫を実施しているのです。このときは、自衛隊の医官たちも動員し、飛行機の中でサーモグラフィーによる発熱患者の検出、迅速診断キットによる機内の検査、陽性者の検体（鼻腔と咽頭）の採取を実施し、ホテルでの「停留措置」も実施しています。感染防止と健康観察のための移動制限措置で、航空機到着から七日間、医療施設とホテルを活用しています。その七日間は、宿泊・食費・生活必需品は国が負担し、医師による診断も定期的に実施しました。やる気になれば、現行法の枠内でもこれくらいのことはできたはずです。

出入国管理法5条14項適用を全中国人になぜしなかった

——かつて統幕議長だった栗栖弘臣さんが有事法制なき時に、「敵の奇襲攻撃を受けた場合、首相の防衛出動命令が出るまで手をこまねいている訳にはいかず、第一線の部隊指揮官が超法規行動に出ることはあり得る」と週刊誌で発言したことが問題となり、金丸信防衛庁長官（当時）に更迭されたことがありましたよね。最前線の自衛官が持つべき防衛意識と同じ防疫意識を厚労省関係者が持っていたでしょうか？　今回の「コロナウイルス」

「中国肺炎」という「奇襲攻撃」を受けての日本の対応は、栗栖さんのような人が、厚労省関係の官僚にもいなかったということでしょうか。

江崎　特定国家の国民の入国を全面的に阻止するということは、普通は出入国管理法ではできない。出入国管理法は5条1項から13項で具体的な入国拒否の事例を示しています。

感染法に定める感染にかかっている者や麻薬などの犯罪歴のある者や、日本国憲法又はその下に成立した政府を暴力で破壊することを企て、若しくは主張し、又はこれを企て若しくは主張する政党その他の団体を結成し、若しくはこれに加入している者などがその対象者です。感染にかかっている者はもちろん入国拒否できますが、中国人全員がかかっているわけではもちろんありません。

辛うじて5条の14項に「前各号に掲げる者を除くほか、法務大臣において日本国の利益又は公安を害する行為を行うおそれがあると認めるに足りる相当の理由がある者」というのがあります。この項目によって、中国の湖北省、浙江省からの中国人の入国を辛うじて拒否することができたのです。

その程度の決断を政治家がしようとしても、官僚たちは「訴訟リスクが高まります」と言ってやめさせようとするのが通常です。内閣法制局も、恐らくこれまでの解釈にこだわって反対したと思われます。それもあって、湖北省浙江省以外からやってくる中国人の全面的シャットアウトができなかったのでしょうが、官僚、特に内閣法制局を説得できるだけの法律の知識と覚悟を持つ政治家がどれほどいるのか、甚だ心もとない限りです。法治国家である以上、法律とその運用に詳しくなければ官僚を動かすことはできませんからね。

百田　でも、出入国管理法5条14項を読めば、法務大臣、要はその上の首相が、「中国肺炎」が全国的に蔓延している中国人は、「日本国の利益又は公安を害する行為を行うおそれがあると認めるに足りる相当の理由がある者」だから、入国は一切ストップすると決断すれば簡単にできるじゃないですか。一月の早い段階で、その決断をしていればよかった。諸外国はそういうことをちゃんとやったわけでしょう。何たることか。

江崎　そういう14号の条項を適用したことはいままで一件（一九六一年に共産党大会のために来日した外国人の入国拒否）しかないと言われています。そもそもが戦争とか騒乱などに適用するための条項ですからね。

百田　朝日新聞夕刊（一月二十四日）の素粒子はしゃあしゃあと「中国人を排除するより、ともに手を洗おう」と書いていました。立憲民主党の福山哲郎氏も「日本の観光産業に相当大きな打撃が出る。その点も政府は注意してほしい」とツイートしていました。要するに、メディアも野党も、中国人観光客を止めたくなかったということです。彼らは明らかな親中派ですから。

江崎　野党だけでなく、与党内に親中派が多いので苦労されていることは分かりますが、安倍首相は、そんな雑音にひるむことなく、日頃から言っているように日本国民の生命と財産を守るために、中国からの入国を制限した方がいいと判断したら、即座に実行すべきでした。総理大臣というのはそれほど孤独で厳しい仕事なのです。それに入国制限はあくまで感染防止のための一時的な措置であって、永久に中国との交流を止めるわけではないのですから。

百田　そういうことです。仮に憲法違反だと言って訴えてくる頭のおかしい人権派学者がいたとしても、最高裁の判決が出るまで何年もかかる。その間に、新型コロナウィルスを封じ込めてしまえばいいことです。それに、裁判ではまず負けませんよ。

世界各国の初期対応ですが、アメリカは前述したように中国本土からの人間を全面的に入国拒否するという措置を講じていますが、これはアメリカだけではなくシンガポール、オーストラリア、ニュージーランド、フィリピン、モンゴルも実施しています。また当初、湖北省の滞在者だけを入国制限していたのは日本、韓国です。中国人向けビザの発給停止がシンガポール、ロシア、ベトナム。鉄道便、航空便の停止がイスラエル、インドネシア、ロシア、ベトナムなどです。

地理的に近いのに、日本の対応はまったく甘かったですね。六十カ国が中国からの入国を厳しく制限しているのです。厳しさの度合いが各国によって違いますが、日本はその中で、もっとも甘かったと言えます。日本国政府は湖北省・浙江省からの入国は禁止すると発表していましたが、その段階ですでに、感染者は湖北省・浙江省だけではなく中国全土

に広がっていた。二つの省からの観光客を止めても、ほとんど意味がない。実際、効果は薄かった

対外情報機関がないから判断が遅れた

江崎　何で武漢市を中国政府は封鎖したのか、また、どうしてアメリカは即座に中国全土からの外国人入国禁止といった厳しい措置を取ったのか。さらに台湾が何故、中国人渡航を止めたのか。その事情の背景に何があったのかについて、アメリカ側、台湾側に日本政府はヒアリングを裏でやっておくべきでした。彼らはそれなりの「中国肺炎」に関する情報を持っているはずです。それをちゃんと日本政府は聞いたうえで、国民に伝えるべきです。そういう思い切った決断の背景に、何らかの理由はあるわけですから。

その意味からも、日本政府の今回の対策が後手、後手に回ってしまっている一番の問題は、対外情報、インテリジェンス機関がないことに尽きますね。中国の情報は信用出来ないなら中国国内で、本当は何が起きているのか、日本はヒューミントを使って、中国はどうなっているのかを調べさせるべきなのです。そして中国政府の公式発表と実態との乖離はあるのかないのか、現場の状況と発表が違うのなら日本政府は中国政府に「そうじゃないではないか」と突っ込むことが必要です。

百田　今の日本政府は、中国政府やWHOの発表の数字を鵜呑みにしてしまっている。それと官邸に情報を上げる省庁の官僚たちが、自分たちの都合の悪い情報を上げていない可能性もあります。

江崎　どうしてアメリカ政府と違う対応を日本政府はしたのか。「それは、こういう事情です」とキチンと日本政府が説明してくれれば、国民は安心したはずです。安心材料をみんなに与えないから、不安でしょうがない。不安の一番の原因は、信頼できる情報を出さない事です。

そして情報を出さないというか、そもそも出せない最大の理由は「対外インテリジェンス機関」が日本にないからです。本当のリアルな情報を持っていないから、日本政府の対応が後手、後手になる。「WHO、アメリカや他国がこう動いているから、自分たち（日本）もこう動きます」というのでは、全部、後追いじゃないですか。安倍政権もその問題点を理解していて、三月六日付産経新聞はこう報じています。

「政府の国家安全保障局（NSS）が感染症対策の強化に乗り出すことが6日、分かった。肺炎を引き起こす新型コロナウイルスの感染が日本でも広がった事態を受け、感染症拡大を安全保障上の脅威ととらえて対応する。4月に発足する「経済班」を中心に、外国人の入国管理などの水際対策を見直す。（中略）世界保健機関（WHO）や在外公館などとは別に、感染地域の実態調査など日本独自の情報収集のあり方も検討する」

こうした動きは是非とも応援していきたいものです。

百田 アメリカの中国人受け入れ禁止について、私は正確な情報を持っていないので、どういう判断だったのかは分かりません。この措置を取ったのは、アメリカがパニック状態になったからなのか、あるいは、アメリカが私たち日本人の知らない何かを知っているのか、そのどちらかであろうと、先日ツイートしました。そこのところは、日本政府はアメリカ政府にちゃんと聞くべきですよね。

江崎 ある程度の情報は得てはいるでしょう。でも、国民に伝えようとしていない。緊急事態に際して最も大切なことは、国民に対する政治指導者の丁寧な説明です。それがデマを抑止し、政府と国民の間の信頼関係を維持することになる。中国に忖度してそれを抑えているとしたらナンセンスです。

もっと自衛隊法第83条の活用を

百田 3・11の東日本大震災などの時は自衛隊が活躍したけど、今回の「中国肺炎」も一種の天災だから、当然、自衛隊が全面的に出てきてもいいけど、ちょっと目立たないんじゃないですか。

江崎 感染症対策は基本的に厚生労働省が第一義的にやっていますが、防衛省も積極的に防疫活動が行えるのです。

自衛隊法第83条1項は「都道府県知事その他政令で定める者は、天災地変その他の災害に際して、人命又は財産の保護のため必要があると認める場合には、部隊等の派遣を防衛大臣又はその指定する者に要請することができる」と定めています。「その他の災害」に今回の「中国肺炎」が当てはまるということで、すでに横浜に停泊を余儀無くされたクルーズ船「ダイヤモンド・プリンセス」に自衛官を派遣しています。さらに、医官も数名派遣しました。

感染によるパンデミックが起こるかどうかは、当然、国家の安全保障上の問題になります。従って、防衛省サイドがもっと前面に出て、アメリカのペンタゴン（国防総省）なり台湾軍とも情報を共有するなり、内外の感染状況を見極めて対策を講じることが肝要です。

こういったさまざまな国内法規を最大限に解釈し運用することによって、コロナウイルスをどうやって抑え込むのかを戦略的に考えていくべきだった。さきほども申し上げましたが、平成二十一年、麻生太郎政権のときに鳥インフルエンザが大流行したことがありました。その際、麻生総理がすぐに自衛隊を動かしました。航路でやってくる人への検疫に、自衛隊法83条を根拠として、防衛省の医官をフル動員したことがあった。そのおかげもあって、鳥インフルエンザによる死傷者の予測は大きく外れて被害は小さくすんだのです。

百田　そうでしたね。オウムの地下鉄サリンテロも自衛隊が活躍しましたね。

江崎　あの時は、自衛隊の第１０１化学防護隊、第1、12師団付属の化学防護小隊、陸上自衛隊化学学校の教官などからなる臨時編成部隊が地下鉄車両などの除染を素早く行ないました。日本国内でそんなことができるのは自衛隊しかなかった。それと同様に、今回の「中国肺炎」でも、自衛隊を最初から前面に出して活用すべきでした。遅ればせながらも、先述したように、ダイヤモンド・プリンセス船内などでの防疫活動に協力しました。医師・看護師等の資格を持つ予備自衛官も招集しています。

防疫に関して、これは厚労省の管轄だとか、ここは国交省の管轄だとか、そこは法務省の管轄だとか、お役所の縄張り争いをしている暇はない。内閣府が統括して、自衛隊や警察、消防含めて使えるものはフルに活用しなくてはいけない。コロナウイルスの分析にしても、防衛医大でデータを収集し分析していく。その上で、厚労省や場合によっては在日米軍とも連携しながら対応を考え実施していくべきでした。

というのも、アメリカ海軍のアドバイザーをしていた北村淳先生も指摘していますが、米軍は日本の自衛隊の「疫病」対応能力向上にかなりの注意を払ってきたのです。二月二十日付ＪＢプレスでこう書いています。

《東日本大震災が発生する数年前から、アメリカ国防当局は同盟国日本の「ＣＢＲＮＥ」（シーバーン）対処能力に不安を感じていた。ＣＢＲＮＥ対処能力とは、化学（Chemical）・生物（Biological）・放射性物質（Radiological）・核（Nuclear）・高威力爆発物（high yield

Explosive）による攻撃や事故に対する危機管理能力と被害管理能力を意味している。

もし、日本周辺有事の際に日本領域内でＣＢＲＮＥ攻撃や事故が発生し、日本当局によって速やかにかつ適切に処理できなかった場合、日米共同作戦に障害が生ずるだけでなく、日本に滞在している米国市民や在日米軍関係者にも被害が生じかねない。しかしながら、防衛省自衛隊だけでなく厚生労働省や警察機関をはじめとする日本政府当局には米軍やＮＡＴＯなどの準備態勢に比べるとかなりレベルが低い能力しか備わっていないと米国防当局は判断した。

そこで、在日米軍司令部が主催する形で、太平洋軍司令部や国防総省国防脅威削減局のエキスパートたちを日本に送り込み、防衛省自衛隊に加えてＣＢＲＮＥ対処では主導的役割を果たさねばならない厚生労働省や警察機関をはじめとする日本政府当局者たちに対するセミナーと机上合同演習などを、数年間にわたって（筆者の記憶では２００５年から２００９年にかけて）実施した。

それら一連の日米合同講習会では、とりわけ日本における放射性物質攻撃、化学兵器攻撃、細菌兵器攻撃、それにインフルエンザをはじめとするパンデミックなどの具体的ケースが想定されて、かなり実戦的な机上演習も行われた》

この話で思い起こすのは、一九九〇年代半ば、北朝鮮の核危機の際に、北朝鮮が日本に対して生物・化学兵器を使うかもしれないという事態があり、在日米軍の警戒レベルが上がった時のことです。

米軍の友人から「在日米軍の家族を本国に戻す準備を始めているが、日本は大丈夫なのか」と電話をもらったことがあります。日本の生物・化学兵器対応能力が劣っていることは、当時から米軍の間では有名だったのです。だからこそ、米軍の協力を得て自衛隊の防疫能力はいまや飛躍的に高まってきていると聞いています。その自衛隊を今回、フル活用しようとはしなかったのは本当に残念です。パンデミックを抑え込むのは、安全保障だという認識が弱かったのでしょう。

というのも、他国、特にアメリカは、インフルエンザを始めとするパンデミックも、生物・化学兵器と同じく軍が対応すべきことだと考えているからです。

「新型コロナウイルス」は生物化学兵器から生まれた？

百田　ところで、未確認情報ですが、一部で言われているけど、アメリカは今回の新型コロナウィルスは生物化学兵器の開発途上で外に漏れたものではないかとの見方をしている、との噂もありますよね。だから、アメリカは、徹底して中国からの入国を拒否するのではという憶測も生まれている。このあたり、どうですか。

江崎　それに関してはワシントンタイムズ（一月二十四日）が伝えていましたね。『誰がテポドン開発を許したか　クリントンのもう一つの〝失敗〟』（文藝春秋）の著者でもあるビル・ガーツという有名な軍事専門家がその中で、その可能性に触れていました。武漢には「武漢病毒研究所」があって、イスラエルの生物兵器専門家のダニー・ショハム氏が、コロナウィルスは、その研究所で研究されていたもので、それが漏洩した可能性が考えられると指摘していました。ただし、それを示す証拠はないと断っています。

とはいえ、日本政府がやらないといけないのは、生物化学兵器かも知れないという話が仮説としてであっても出てきたのですから、その仮説を唱えたビル・ガーツやダニー・ショハムの二人に直接会っていろいろと話を聞くとかやるべきなんですよ。どういう背景で、そういう記事を書いたのかも外務省や防衛省の方で確認しておくべきなんです。まあ、当然やっていると思いますが。その辺りの裏どりをして正しい「分析」を提示することも、国民に「安心感」を与えるためには必要な措置なのです。

日本は「安全な国」とのイメージをいかに取り戻すか

百田　もうひとつ私が心配しているのは、アメリカは中国を完全にシャットアウトした。となると、論理的必然として、それと同じスタンスで、もしも日本で感染者が爆発的に増えた場合、日本からの入国もアメリカは止める可能性が出てきますよね。すでに日本への渡航に関して警戒レベルをあげてきた。イスラエルなどもそうしている。こうなってくると、日本の貿易、ビジネスが、大変な危機的態になります（注：この対談時の三月時点では、まだ日本に対しての渡航制限は敷かれていない）。

先ほど、申し上げましたが、一月の半ばぐらいに観光客を含めて中国人全員の日本への入国をストップさせるべきだと私は主張しました。そうしたら、多くの人から「そんなことをしたら、経済的なダメージを日本が被る」と非難ごうごうでした。

たとえば大阪には、大丸、高島屋、阪急とか大きな百貨店があります。来客の約半分が中国人です。中国人観光客を止めたら、大阪で言えば心斎橋とか、梅田の百貨店、それ以外のお店が大打撃を受けるわけです。

この点をとらえて、先述したように、立憲の福山哲郎議員が「中国人の観光客を止めたら日本経済は大きなダメージを食らう」から反対だと言っていました。でも中国人観光客が日本に落とすお金は、日本のGDPの1％ですよ。その1％を惜しんで日本が中国並みにパンデミックになれば、その影響はGDP1％どころの話ではなくなります。

江崎　本当にインバウンド（訪日旅行客）を守ろうと思えば、まずは「中国肺炎」感染症に関して「日本は危機管理をしっかりしていて安全な国です」という安心感を国際社会に与えることが肝要です。それこそが、インバウンドを守るうえで大切。危機管理が出来ていない国は怖くて観光に行けないですよ。そして三月に入って、外国人観光客が日本を敬遠し始めている。

百田　GDP1%の喪失を惜しんだばかりに、何十%も損する可能性がある。しかし結局、三月二十四日に、東京五輪は延期が決定しました。この延期はアメリカやヨーロッパを含む世界中で感染が拡大していることが原因ですが、だからといって日本が上手くやっていたのにということは決してない。すでに、令和になって初めての天皇誕生日の一般参賀も中止になっています。ちなみに、私と陛下とはおそれ多くも同じ誕生日なのです。関係ないですが（笑）。

これも一月の段階で中国人をシャットアウトしておけば、やれたかもしれない。しかしそれをしなかった。観光客が減ったら大変だからという理由で。そのために次々と大きな催しが中止になっていったとしたら、そっちの損失のほうが大きくなる。これはアホのやることです。

もっとも政府は観光客が落とす金を心配したのではなく、中国人観光客を止めたら、中国の機嫌を損ねるのが怖かったからという話もあります。あるいは、それ以前に、たいしたことにはならんのじゃないかという「平和ボケ」のせいだったという話もあります。いずれにしても、まるでダメです。どの理由であろうと、ひどい政府です。

何より情けなかったのは、日本政府、安倍政権に危機管理能力がないことを世界に露呈してしまった点です。新型コロナウィルスが今後、日本でどうなるかはわかりません。もしかしたら収束するかもしれない。もちろん、そうなってほしい。
しかし、仮にそうなっても、日本政府に危機管理能力がないことが今回の新型コロナウィルスの対応で世界中の人々にばれてしまった。もちろん、民主党というか立憲民主党なんかの内閣だったら、もっと酷かったと思いますよ。あんなのに比べたら、安倍さんはまだ百倍ぐらいはマシ。

でも、野党議員もメディアも平和ボケが明らかになりました。政府が全国の学校に休校要請を出したとき、立憲民主党の蓮舫議員は「休校にするエビデンスはあるのか」というバカな質問をしていました。未知のウイルスに対してエビデンスなどあるわけがありません。とにかく感染拡大を防ぐためにやれることはやろうとしているのに、一部の野党はこんな時にも政権批判に夢中なわけです。

東京五輪延期が決まった時も、「エビデンスはあるのか?」と国会で質問した立憲民主党の議員がいました。社民党の福島瑞穂議員などは「一年の延期は総裁選にぶつけるためではないのか」という訳の分からない質問をしました。もう意味が分かりません。彼らはこの国難に対して一致団結で当たろうという気がまるでないのです。

江崎　百田さんの『カエルの楽園』そのものでしたね。

百田　私は今回の「中国肺炎」に対する日本政府、メディアの対応を見て恐ろしい不安が生じました。もし、日本に某国からミサイルが飛んできて原発に落ちたとしても、日本政府はショックに固まったままで、即座になんの対応も取れず、メディアもまた慌てるな、誤射かもしれない、まず確かな情報を集めるまでは軽々に動くなとか、冷静に対応せよということになって、何も対応できないのではないかと……。外国の情報機関なら間違いなく日本をそのように分析します。

人間は想定以外の悪い状態に直面すると、自分にとって都合の悪い情報を無視したり、過小評価したりしてしまう「正常性バイアス」に陥ります。今回、日本政府やメディアも一般大衆も、「正常性バイアス」にかかったと言えます。しかし、総理大臣、厚生大臣が一般人と同じレベルでは大変なことになります。

日本と中国とでは気候、風土、さらに衛生環境が違います。ですから、中国と同じことにならないかも知れません。しかし、運良くたいしたことにならなかったとしても、繰り返しますが、私が今回、ガッカリしたのは日本政府の緊急事態に対する危機管理能力のなさです。

今回のウイルスのニュースが出た時、私は机上の計算をしてみました。致死率０・５％で、５００万人が感染すると、死者２万５千人。致死率が１％で、１０００万人が感染すると、死者10万人。仮に致死率２％で、２０００万人が感染したら、死者40万人！

政府はこういうシミュレーションをしていたのでしょうか。私の母は九十四歳。先日、心配になって、一人暮らしをしている母親を一カ月ぶりに訪ねた。もしかしてマスクや消毒液がないのではないかと思っていたら、なんとマスク二カ月分を備蓄していました。さすが、お母《か》ん、やるなあと思いましたよ（笑）。

江崎　個々人がそういう「危機管理」能力を発揮しているのは、本当に素晴らしいことです。今回の件でも、マスコミが大騒ぎをしているのに対して、国民の大多数はパニックにならずに落ち着いて行動をしてくれています。でも、そうした国民に甘えているのか、一月下旬から二月中旬にかけての日本政府の対応は本当に鈍かった。

そして対策が後手、後手になる一番の原因は、先述したように、日本が対外情報機関を持っていないからです。外務省だって、各国の外務省やマスコミ報道に頼っていて、独自の情報収集はほとんど出来ていないし、そうした予算ももらっていない。よってテロ対策などを除いて、実際に世界がどうなっているのか、マスコミや各国政府の公式見解以上の情報を官僚たちも持っているわけではない。

そして各国の「公式発表」は自国にとって都合のいい情報しか公表しないわけだから、それに対して「本当はそうではない」という正確な情報を日本政府は常に把握しておかないといけないのですが。

だから、今回の「中国肺炎」の教訓として、日本政府はヒューミントを含めた対応ができる対外情報機関を創設する、という議論に持って行くことが大切だと思うのです。憲法に緊急事項対策を入れるということも大事ですが、いますぐにできることはそれに尽きます。なにはともあれ、危機に直面した時に、正しい情報がなければ、どんな人も組織も、的確な判断を下しようがありません。

正しい情報を積極的に提供しなければ日本でも、武漢のように国民が混乱して一斉に医療機関に押し寄せることだって想定されます。医者のマンパワーが限られているので、本当に重症患者が病院にかかれなくなる恐れが出てきます。日本の医療機関も患者を受け入れる能力に限界があるのです。一部の人は「危機を煽るな」と言いますが、大切なことは、政府が信頼できる情報を積極的に国民に知らせることです。

そういう意味では、「WHO、中国政府はこう言っているけど、我々が確認したらこういう状況だ、トランプ政権はこういう理由から、こうした判断をした、だから日本もこうする……」と。

こういう風に論理的に、官房長官なり総理が、キチンと国民に説明をしていく。それをしていけば、こんなにみんなが怒らなくて良かったわけですよ。対外情報発信、国民に対する説明不足を初めとする今回の政府の対応ぶりをを批判するならば、対外情報機関をちゃんと持ちましょう。それは憲法で禁じられていません。それをしないと、同じことを繰り返しますよ。

野党議員のみっともない「後出しジャンケン」

百田　さらに違う話をしますと、国民民主党の森裕子参議院議員や原口一博議員が今回の新型コロナウィルスの件で政府批判をしています。しかし、これは明らかに「後出しジャンケン」です。森裕子議員は自身のツイッターで、新型コロナウィルスで日本政府の対応について苦言を呈しました。

「原口さんから当初提案していた『新型インフルエンザ等対策特別措置法』の適応を政府は早く決断すべきです。新型感染症発生時のための危機管理法です」

この森議員のツイートに対して、私はこうツイートしました。

「1月23日の武漢が封鎖されたときは、国会で桜しか言ってなかった奴らが、ここに来て、そろって後出しジャンケンをやり出したよ。27日の国会で、野党のコロナウィルスについての質問時間は2分足らず。一方、桜を見る会は1時間40分以上。恥を知れ」

もう一本、国民民主党の原口一博国対委員長は新型コロナウィルスの対応で、政府が中国からの渡航をすぐに停止しなかったことに対して苦言を呈していました。原口議員のツイッター（二月一日）の内容はこうです。

「巨大な人口をようする隣国で「町を封鎖する」という事態に直面した時、まともな政治家ならば、その国からの渡航を直ちに全面停止する」

　この原口議員のツイートに対して、私はこう返しました。

「原口さん、武漢が封鎖された23日のあなたのツイート、桜ばかりじゃないですか。ツイーターで攻める気はないが、あなたを含めて国民民主党は国会でこのことを大騒ぎしましたか。後出しジャンケンも大概にしたら」

　もうどいつもこいつも呆れるほどに厚顔無恥です。

江崎　「新型インフルエンザ等対策特別措置法」を適用すべきだったというのは知り合いの米軍関係者も指摘していたことで一理あるのですが、まともな国会論戦をしてこなかった野党の政治家にそれを言われても。さっきの習近平の「後出しジャンケン」みたいなものですね（笑）。

百田　そう。そして、国会の予算委員会における各党の質問テーマと質問時間を調べた方がいる。その方は国会中継を見るのが趣味で、衆参予算委員会で各党の質問テーマと質問時間を1月27日から30日まで円グラフにしたのです。それがツイッター上で話題になりました。

　自民党は新型コロナウィルスが19％、経済政策・社会保障が28％です。外交安全保障が18％、防災・復興、環境が19％、公明党はコロナウィルスが14％、日本維新の会がコロナウィルス29％、これが与党と良識野党側ですね。

それに対して野党側の立憲民主党は58％が「桜を見る会」で占め、その質問時間は4時間30分にも及んだ一方、新型コロナウィルスは1％で7分です。さらに国民民主党は新型コロナウィルス9％、時間にしたら19分、経済政策35％。共産党は何と98％を「桜を見る会」に費やしています。時間にして2時間36分、新型コロナウィルスで質問したのはわずか3％です。加えて社民党はどうか。新型コロナウィルスに対する質問はゼロ％、65％が外交でした。

これが野党の実態です。一月二十七日というのは、世界中で新型コロナウィルス危機が迫っているとして大騒ぎしていた時期です。この四日前に武漢市が封鎖、中国建国以来、初めての異常事態に陥っているのに、この野党の状況、見てください。立憲民主党は半分以上が「桜を見る会」。

与党もダメだと思いますよ。緊急事態なのだから、もっと突っ込んだ質問を政府にしなければいけないでしょう。世界が危機的な状況下で、しかも日本は中国に距離的に近く、中国からの観光客が世界でもっとも多い国です。そう考えると、日本は世界でもっとも神経質にならないといけない国ではないでしょうか。

しかし、日本の国会はこんな事態だった。そして、二月以降、国内で感染する患者が増えてきて、野党議員が「後出しジャンケン」をしたり、安倍政権の支持率が低下してきたのを見て、モリカケやサクラを追及するより、「中国肺炎」問題を追及したほうが、安倍政権の支持率を下げることができると気づいて、急に国会でこの問題を追及し始めた。本当に情けない。

野党議員に「後出しジャンケン」と批判したら、「百田お前もや」と批判されました。ハッキリ言っておきますが、私の政府批判は一月当初からです。武漢市を封鎖した一月二十三日の前日にツイッターで中国人の入国は全部、止めるべきだと言っています。今頃になって政府批判をしているのとは違います。

江崎　野党も気の利いた議員がいれば、「安倍首相、あなたと親しい作家の百田尚樹さんが、新型肺炎をめぐる対応について、あんたに愛想がつきたと散々批判していますね。どう思いますか」と質問したでしょうが……。

百田　それは天に唾するだけ。安倍首相の対応に私は不満足ですが、野党が政権とっていたらもっと酷いことになっていたでしょう。

また、許せないのが、日本に来て、国内で感染症状が出ると、その治療費は実質、日本が面倒を見ることになる。だから、中国より医療施設の充実している日本で診察してもらうために中国人がドンドン、押し寄せていました。日本の税金が、中国人のために使われていたのです。一時、大型観光船「ダイヤモンド・プリンセス」にばかり目を向けている時がありましたが、その時だって、福岡などでは上海からやってくる通常の船便で大量の中国人観光客がやってきていた。空港も同様でした。

江崎　国際社会に対する広報が拙《まず》かったこともあって二月下旬の時点では外国からの入国制限を受けるようになってしまいました。実は三月下旬にベトナムに取材に行く予定だったのですが、旅行会社から「日本人も入国拒否になる可能性があります」と言われて、仕方なくキャンセルをしました。

百田　なんで、日本はこんなに危機管理に弱い国になったのか、次章以降で、その歴史的背景を二人で語り合っていきましょう。

第2章

憲法改正はなぜ進まないのか

肝心の自民党にやる気がない

――「中国肺炎」に直面し、憲法にも国家緊急事態条項の新設を考慮すべきだという声は自民党や日本維新の会から少し出てきました。しかし、立憲民主党の枝野幸男代表は「人命に関わっている問題を憲法改正に悪用しようとする姿勢は許されない」と明後日の方向を向いた態度。

9条改正にしても、安倍首相の提案は第9条1項と2項をそのままにして3項で自衛隊を明記するという改正案です。これは公明党を意識しての事でしょう。もちろん、憲法改正に賛成の人たちの中には、1項から改正すべきだとか、1項はこのままでいいが、2項は改正しないといけないという意見などがあります。

こういう人たちは、安倍改憲案への賛否を世論調査で聞かれると、反対側に回る。ですから、左派の人たちの9条死守論的な改憲反対派と一緒になって反対派に加わるわけですから、結果的に憲法改正反対派がちょっと多くなります。しかし、安倍改憲案のような微温的であっても、自衛隊を違憲だとみなすことができなくなる案が出されれば、1項、2項を改正すべきだという人も、国民投票の時には結果的には賛成派に回るので賛成が多くなって何とか、憲法改正は成立すると思うのですが…。

百田　前章で見たようにコロナウイルスという感染症にも満足に対応できない脆弱な国家体制が「平和憲法」によって成り立っていることを知った国民の多くは、ますます憲法9条を改正しないといけないと考えていると思うのですが、改憲の賛否を問う世論調査をする際、質問の仕方でかなり結果は変わってきます。

「現行憲法だと自衛隊は違憲とみなす憲法学者が多数派です。それでいいでしょうか」

と聞くか、

「現行憲法は平和憲法で自衛隊の対外活動には制限があります。それを改正して活動に制限をなくそうという動きがあります」

と聞くか……。聞き方を変えるだけで、おそらくアンケート結果が変わります。ただ、それ以前に問題なのは、肝心の自民党が憲法改正を真正面からやろうとしないことですね。

国会に憲法審査会がありますが、自民党はこれをまったく開こうとしませんね。もちろん、野党は憲法審査会を開かせないようにいろいろな難癖をつけています。そこを与党は何とかお願いをして、「憲法審査会をやりましょう」と言っていますが、野党は乗らない。乗らないなら勝手に自民党が憲法審査会を単独でも開いてやったらいいのです。野党の議員が来ないなら、来ないでいいと。私たちは勝手に審査会を開いて審議するから。それを自民党はやらない。どうしてやらないのか。それをどう思います。

江崎　野党との合意を尊重して丁寧な運営をしているのは、一つには「憲法改正という国家の基本法の改正については党派を超えた合意が必要」という考え方が自民党幹部にあるからです。

しかし、有権者は、衆参ともに三分の二近くを与党と改憲を支持する日本維新の会などに与えているのです。やる気のない野党に配慮するばかりで、有権者の負託を無視することは議会制民主主義の精神に背《そむ》くことになると思います。与党も有権者の負託の重さを踏まえて憲法審査会の議論を進めてもらいたいものです。


百田　それと、たとえば自民党が強引に憲法審査会を開いて審議して憲法改正案を出したら何が起きるか。朝日新聞、東京新聞などのメディアがメッチャ、叩きます。数の暴力で強行採決したというでしょうね。こんな大事な改正案を強引に合意していいのかと非難します。とりわけ、強引に憲法審査会を開いた議員が叩かれます。タカ派、右翼議員…と。そうすると、その議員はどうなるのか。「俺、次の選挙で勝てないかもしれない」と思うわけです。小選挙区で公明党の「推薦」をもらっている自民党の国会議員も、その公明票（各選挙区で二万前後）がないと野党候補に勝てなくなると恐れたりもしている。

となれば敢えて「火中の栗は拾わない」のが賢明。「何で、俺がみんなの犠牲になって、選挙に落ちないといけないのか」と内心、思うのです。だから誰もそんなことをやろうとしません。メディアや公明党を怖がってやらないわけです。

長年の習慣かも知れませんがメディアに叩かれるのを議員は怖がり、闘うのを避ける議員が多すぎますよね。国民は今の厳しい国際状況から判断して、自分たちの憲法を作らないといけないと思っています。今の日本国憲法は、アメリカに押し付けられ強制された憲法であり、とくに憲法９条の改正は厳しい国際情勢を勘案すると当たり前と考えています。

にもかかわらず、多くの自民党議員が、自分の議席を失うことを恐れてやろうとしない。公明党も同様。これでは話になりませんよね。

江崎　結局、これまでは安倍総理が孤軍奮闘していて何とかしようと言っても自民党内が全然、動かない。それでズルズルと時間だけが過ぎてきたわけですよ。議席の三分の二を自民党（や公明党など）が持っていて、やろうと思えばやれる環境にありながら、憲法改正の発議が出来ないというのは、議会制民主主義の精神を冒とくしていると言わざるを得ません。

国民に対する裏切り――「ヤルヤル詐欺」は許せない

百田　つまり、これは国民に対する自民党の裏切りです。選挙で自民党は「憲法を改正します、だから我々（自民党）に票を入れてください」と訴えて、これに国民は「分かった、頼むぞ」と投票したから、自民党は五回続けて国政選挙に勝っている。にもかかわらず憲法改正をやらない。私はよくいうのですが、これって「９条改正、ヤルヤル詐欺だ」と。

改正すると言って、票を集めておいてやらない。これは明らかに詐欺ですよ。

極端な事を言うと、憲法審査会に五人、侍のような国会議員がいたら発議はできます。ある議員が「（憲法改正を）やろうじゃないか。何が何でもやろうじゃないか。メディアに叩かれるのは、俺がすべて、引き受けてやる」。そういう侍が五人いたら憲法審査会は開かれ、大きく前進します。そうなれば国会を憲法改正発議に持って行けるのです。


――公明党がいけないのですか。


江崎　これは、百田さんの言うように自民党の問題だと思いますよ。

特定秘密保護法、安保法制だって、あれだけメディアに非難されても、自民党が腹をくって、やると言ったら公明党は付いて来たわけですから。憲法改正でも、自民党が腹をくくって本気でやる気を見せたら、公明党は付いてきますよ。だって今さら公明党も野党連合政権に加わるつもりはないでしょう。最終的に自民党に付いていくしかない。だから問題は自民党側です。

ただし、その「やる気」の内容については、自民党の政治家はもう少し憲法について勉強をした方がいい。例えば、平和安保法制の議論のときも、安倍政権は、現行憲法下で集団的自衛権は一貫して否認されているかのような答弁をしていましたが、実際は池田勇人内閣ぐらいまでは、集団的自衛権は限定的に行使することは可能だという解釈だったのです。このように戦後、憲法に関する内閣法制局の見解は結構変遷しているのですが、こうした基本的な憲法に関する運用について正確に理解している政治家がほとんどいません。憲法改正案の中身を官僚たちに丸投げで作ってもらっているような状況では、とても憲法改正など進むわけがない。

一方、日本維新の会は、大阪都構想に関する条例案を政治家自らが作成していて、その解釈まで詳細に理解している政治家が多い。だから大阪府知事（吉村洋文氏）や大阪市長（松井一郎氏）は、橋下徹さんの下でやった大阪都構想の住民投票で僅差で負けても、自民・共産など全政党の反対を受けても、メディアに叩かれても、改めてそれを提案していこうという気概を発揮してますよね。その努力によって、去年の選挙でも大勝した。自分たちは火だるまになってもやるべきことを主張していくと。何で自民党はそれが出来ないのか。その勇気と法案作成に向けた執念は是非とも見習ってもらいたい。

百田　私は維新の会の二人のリーダーは好きだし、自民党の安倍さんも第１章ではこき下ろしましたが、立憲の枝野幸男や福山哲郎みたいな連中より百倍は立派だと思っています。でも、私から見たら自民党議員の八割はクズですよ。ただ、他の立憲民主党、国民民主党の議員はほぼ十割クズですからね（笑）。クズ率から言うと、自民党を応援するしかないのです。維新の会の国会議員も七割はクズです。松井さんと吉村さんは素晴らしいと思いますが、この二人は本当に大阪府民のために、出来ることをやろうという事で、根性を出して戦っています。

江崎　永田町には、「官僚の言っていることを理解するのが政治だと思っている政治家」と、「官僚を使いこなすために自ら法律を作ろうとする政治家」、この二種類の政治家がいますからね。そして残念ながら前者がほとんどです。

いわんや憲法などについては、大日本帝国憲法とその運用、戦後の憲法の制定過程、内閣法制局による解釈の変遷、最高裁も含めた判例の変遷、そして憲法学会の主な学説など「基本的なこと」を知っている政治家なんてほとんどいない。

大半の政治家は、現行憲法とその付属法、特に自衛隊関係法令の運用・解釈を、内閣法制局に丸投げしているんですから、当然と言えば当然ですが、これでは憲法改正を牽引しろと言っても無理です。

百田　そういう議員は国の事とか、国際情勢をどのように分析、判断するのかという知見や深い認識はないのです。頭の大半を占めているのは、次の選挙で当選するかどうかだけなのです。

政治家のあるべき姿――トランプと小泉に学べ

江崎　政治家というのは国家・国民のための施策を行なう上で、国民の見解が分かれる時、どちらがより国民のためになるかの決断をし、その決断によって生じるすべての責任を一身に受け取るのが仕事です。

例えば、アメリカのトランプ大統領はイランの司令官ソレイマニを爆殺しましたよね。あの時、トランプ大統領は「自分の命令でやった」と明言しました。それは「仕返しに命を狙うのなら、俺（トランプ）だぞ」と言っているようなものです。イランのテロ組織から命を狙われるというのはかなり恐ろしい。しかも自分だけではなくて奥さんや、子ども、みんなの命が狙われるわけです。それが怖いから、これまでの歴代アメリカ大統領はイランと事を構えてこなかったわけです。

そういうテロ集団と正面から闘うのが嫌だから、これまでの政権はお茶を濁してきた。それをトランプは実行したのです。

確かに今回の暗殺の決定過程をつぶさにみれば、いろいろと問題はありますよ。しかし、自らが決断してその全責任を取るというトランプの政治家、軍隊の最高指揮官としての姿勢は評価すべきであり、それが政治家のあるべき本来の姿なのです。そういうリスクを取ることが指導者の責務だという事をトランプ大統領は分かっています。

一方、日本の政治家は何かあると、言い訳をしてリスクを取ろうとしない。そんな責任回避の姿勢が日本の政治をダメにしてきたことをもう少し自覚した方がいいと思いますし、有権者も政治家を甘やかしすぎだと思います。

百田　日本の議員にとっての最大の「リスク」というのは、命を懸けるとか、体が傷つくというのではなく、ただ「選挙に落ちる」ことが怖いだけ。実に情けない。

江崎　憲法、特に憲法解釈、運用などについてきちんと学んでいけば、憲法改正についてもっと自信をもって語ることができるようになるはずなのですが。

百田　でも、先ほどから繰り返し言っていますが、メディアに叩かれることを異常に恐れて、なにもできない。

江崎　小泉純一郎元総理が凄かったところは、郵政改革を行う党の方針に従わなければ、（自民党を）除名にすると啖呵《たんか》を切ったことです。郵政改革が正しいかどうかは別ですよ。ただ小泉首相には絶対に郵政改革を成し遂げるという思いはあった。そして政治家としてその実現のためならどんなリスクも取る、抵抗するものは斬って捨てるという強い信念と覚悟があったのは事実でしょう。

小選挙区導入の意味は、党の方針に従わせることにあります。従わない議員は次の選挙で公認しないというルールで進めて行くことが可能な政治システムです。それで首相はリーダーシップを発揮し、有権者との約束、公約を実現するという責任を果たしていく、そうすることで決断できる国にしようというのがそもそもの立法趣旨だったのですから。

主張を平気で180度転換し、右往左往する議員たち

百田　先ほど今の自民党の議員は八割がクズだと言いましたが、自民党の議員のほとんどが、自民党の公認を受け取れば選挙に当選すると思っています。だから自民党に所属しているのです。もし、国民民主党に入った方が選挙に当選すると思えば、簡単に国民民主党へ寝返ります。国会議員なんか、主義主張を、コロッと変えるのは平気です。口ではめちゃくちゃかっこいいことを言っても、前言をころっと引っくり返す議員なんて山ほどいます。これは、自民党だけではなく野党の議員もそうです。国民民主党などは三年前は民進党でしたが、その時も議員は、コロコロ考え方を変えましたよね。

江崎　とりわけ「希望の党」に入った議員は酷かったですね。

百田　「希望の党」に入ったら、これまで安保法案に反対の立場だったのが、安保法案賛成にコロッと変わった議員がいた。おいおい、お前たちは命がけで反対と言ったじゃないか。その時の命はどうしたんや（笑）。

兎に角、選挙に勝って議席を守りたい一心で１８０度意見を平気で変えるような議員たちです。そして立憲民主党がちょっとブームになると、選挙区事情を考えてそっちにトラバーユする議員もいた。自民党に行くのもいる。この時、それを見て、笑っていた自民党議員も実は同じ穴のムジナで一緒。党首が、この政策に賛成しないと次の選挙は落ちるぞと脅したら、さすがのクズ議員たちも意見を変えますね。

日本の国会議員は大多数がそんな奴ばかりです。国の事なんかこれっぽっちも考えていない。関心があるのは自分の議席を守ることだけ。どうして議席が欲しいのか。結局はカネです。情けないことに。今度、ＩＲ（カジノを含む統合型リゾート施設）に絡んで百万円、二百万とかいうカネで、国会議員が逮捕されました。情けないのを通り越して、呆れるばかりです。一億円、二億円なら、まだわかりますよ。百万、二百万ですよ。そんな金が欲しくて中国の企業に日本を売ろうとした。唖然呆然です。

江崎　永田町で国会議員の政策スタッフなどの仕事をしていた立場から言うとその通りですが、その原因の一つは、日本でデフレが長く続いたからじゃないかと考えます。

どういう事か。デフレが始まる前、つまりバブルの時代まではそれなりに経済界のメンバーたちが、政治家に政治資金を提供してきたのです。政治を良くするためにはカネが掛かると分かっていましたから。研究会を運営するにも、海外視察をするにもカネが必要です。もちろん、スタッフたちを養う、面倒を見るにもカネです。私も永田町時代に、アメリカ、特に軍やインテリジェンスの関係者たちとの会合のために海外によく行っていましたが、外務省などに頼らずに独自で会合を持とうとすると、結構なお金がかかるのです。秘密を守るためには、それなりのレストランの、それも個室で会合を持たないといけないですからね。

言い方は悪いのですが、野党対策にも金が必要なのです。

一九九〇年代までは、億単位のカネを集める政治家というのは、領袖を含めて自民党にはゴロゴロいました。亀井静香さん、石原慎太郎さんもそうです。でも、デフレになって経営者たち自身にカネ（ポケットマネー）がなくなって、そういうカネが出せる経営者がいなくなってしまった。会社の経理もガラス張りになり、そうした領収書不要のようなカネを企業が作り出すのも困難になってしまった。

——自ら会社の株をたくさんもっていた起業家、創業者としてのカリスマ経営者というかオーナー経営者がいなくなり、自社株を持たないサラリーマン経営者に代わってしまった。

江崎　サラリーマン経営者になって、億単位どころか、数百万単位のカネですら個人的に出せる経営者はほとんどいなくなりました。

昔は、自民党総裁選になったら、この人物を総裁にすれば日本は良くなると考え、億単位のカネを出す経営者はそれなりにいたのです。そうした事ができたのは、小泉政権までです。その後は全然ダメです。だから、〝はしたカネ〟に右往左往する訳の分からない小粒の政治家が増えてしまった。貧すれば鈍する、ということわざは、政治の世界にも当てはまるのです。

カネを使って独自情報を収集する

百田　別な見方をすると、大昔から日本の政治家はカネが目当ての政治しかしないという見方も出来るわけです。そういうカネを受け取って、提供してくれた人や組織のために政治を動かすという政治体質が日本にずっとあったという事です。

江崎　そういう負の部分も確かにあるのですが、ある大物政治家は一九九〇年代、億単位のカネを集めていた。集めて何をやっていたのか。中東とイギリスに個人的に調査員を派遣・常駐させて、外務省とは別に中東の石油情勢と、イギリスを含めたEUのヨーロッパ状勢の分析をさせていた。謝罪外交、対中屈服外交を進める日本の外交を立て直すために、そういうブレーンを自前で抱えていたのです。

そのためにカネが必要だとして、大手商社や大手メーカーにカネを出させた。確かに地元の選挙に有利になるように使うためのカネしか考えていない政治家もいますが、役人やメディアの言いなりにならず、本当に国の舵取りをするためにどうすればいいのか、そのために自前のブレーンやスタッフを抱えて、海外へ行かせて勉強させるという議員も結構いたのです。

そういう政治家がいたから逆に経済界もカネを出したのです。経済界もバカではないので、つまらない政治家にはカネを出しません。

百田　なるほどね。さきほど、自民党議員の八割はクズと言ったのですが、野党は十割クズです。その一方で、一割、二割でもすごい政治家がいればいいという気持ちもあるのです。真剣に国家の行く末を心配している議員が二割いれば、後の八割は付いてくる。それで実際に残りの二割に素晴らしい議員がいるのか、と言うとそれも実は疑問です。自民党議員は衆参両院で四百人ぐらいいる。二割なら八十人になる。でも、その中で、昨今の香港・ウイグル情勢に対して中国批判の声をあげている政治家がどれだけいることやら。

アメリカ議会（上院、下院）はほぼ全会一致で香港・ウイグル人権法を可決しましたよね。「中国の非道な人権弾圧は許さない」とアメリカの意志を明確に示しました。

ところが日本の国会はそんな人権擁護法どころか非難決議もしていない。議題にものぼらない。世界の国は中国の香港・ウイグル弾圧に批判の声を上げています。日本は香港と地理的にも近いのに、日本の国会では議題にすら上がっていない。やっているのはモリ・カケ、そしてサクラばかり。日本の政治家は世界の政治家のレベルからみても知的レベルが低すぎますよね。

――「中国の嫌がることはしない」という鉄則が日本の多くのマスコミや与野党議員や官僚には根強くありますね。頑張っているのは「ＷＩＬＬ」ぐらいでは（笑）。

日本の国会議員に当事者意識がない――野田聖子の暴言

江崎　その件で私は、何人かの政治家にそれとなく聞いてみたのです。なんで日本の政治家は香港やウイグル問題で中国を批判することもできないのかと。すると、幾つか理由があるのですが、一つに日本が香港に関する人権弾圧を憂慮する決議案を上げても国際政治には関係ないと考えている政治家が多い、と言うのです。

当事者意識がないというか、「どうせ自分たちが決議しても、国際社会には関係ないじゃないか」みたいな非常に無力というか、矮小化したものの見方がその底流にあるように見受けられます。

驚くべきことにと言うべきか、やはりと言うべきか、とにかく日本はアジアのリーダーだという自負心、覚悟が政治家に希薄なのです。何しろ日本の尖閣、竹島の問題でさえ他人事なので、当然と言えば当然ですが。

ともかく最近の政治家たちを見ていると、朝早くから党の勉強会、そのあと国会対策会議、委員会、議員会館での陳情処理、派閥の昼食会、議連の勉強会、党の役員会、夜は支援者廻りと毎日、目の前の日程をこなすのに精一杯で、とても世界の大勢とか、国家の命運をじっくり考える余力がないように見えます。

百田　その話を聞いて思い出したことがあります。数年前に南シナ海で中国が人工島の埋め立てをやっていて、国際問題になった。世界の国が中国の暴走に怒った時に、自民党で総務会長を経験したことがある野田聖子議員が、今後の対中外交について「日本に力を持ってして外交を進める余力はない。対話に次ぐ対話だ」として、南シナ海のスプラトリー（中国名・南沙）諸島で人工島造成や軍事拠点化を進める中国に対しては「南沙の問題を棚上げにするくらいの活発な経済政策のやりとりとか、互いの目先のメリットにつながる2国間交渉をしなければならない」と力説し、その上で「（南沙は）直接日本に関係ない」と言い放ったことがあったでしょう（二〇一五年十一月四日放送のBS日テレ『深層NEWS』）。

酷いを通り越しています。この野田議員は自民党の総裁選に出馬しようかと言われていた人物ですよ。日本初の女性宰相の誕生かと騒がれた人ですら、この程度の国際認識です。「中国による南シナ海の人工島の埋め立てなど、日本に関係がない」

もうバカですか。それとも、中国の横暴を見て見ない振りをする、という態度を堂々と表明して、中国から何か見返りでもあるのですか。

江崎　自民党の大臣クラスの政治家ですら「世界の中の日本」とか、日本の存在がどういう意味を持つのか、真面目に考えてもいない。正確に言うと、そもそもそうした見識もないし、考える暇もない。イギリスのチャーチル、フランスのドゴール、ドイツのビスマルクといった世界的な政治家のようになろうという志もない。よって安倍総理や石原慎太郎先生などのように、日本の政治が動けば、アジアが、世界が変わると思っていないのです。

これは百田さんが上梓された『日本国紀』にも書かれていたのですが、日本を背負うとかいう気骨、気概、当事者意識が日本の政治家に不足している。大半が、香港の問題を他人事に捉えている。

百田　そんな事（香港問題）を取り上げたら、中国の覚えが悪くなって「自分が孤立する場合もある。何で、そんな事をしないといけないのか」という意識でしょう。しかし、欧米の議員が「日本人拉致？　我々に関係ないじゃないの」と言ったりしたら大騒ぎになるでしょう。少なくとも日本人はがっかりする。香港で頑張っている女性運動家の周庭（アグネス・チョウ）さんも、日本語のツイートで日本人に訴えているじゃありませんか。それにキチンと呼応する日本の政治家があまりにもなさすぎる。

「親分肌」の政治家は絶滅危惧種――いまは二階幹事長だけ？

江崎　しかも議論のまとめ役も少なくなってきている。昔の自民党なら、外交部会で力のある議員が積極的な発言をしたら、「やろうじゃないか」ということにもなったのですが……。これは、思っている以上に深刻です。本当に議論をまとめる人がいないのです。昔、部会長というと、議論のまとめ役で部会長がそういうならと最後、みんな矛《ほこ》を収めたのです。

かつては強力な派閥の親分、領袖がいて、部会の役員メンバーたちと毎晩、飯を食いながら面倒を見ていた。そういう濃密な人間関係、上下関係もあって、「俺（部会長）のいう事を最後は聞いてくれよ」とやっていたんです。親分としての振る舞いをしていた。今、その親分が小選挙区制度の導入とデフレの進行と共にいなくなったのです。

当選した国会議員はその選挙区では「一国一城の主」になり、先述の郵政問題のようなビッグイシューがない限り、「公認」は安泰。百田さんが言われる通り、一番気になるのは次の選挙で自分がいかにして当選できるかということですからね。その選挙区の選挙民が「9条改正してください」「香港、ウイグル問題なんとかして下さい」と議員に陳情するということもあまりない。

かつては、山中貞則先生（自民党政務調査会長、通産大臣などを歴任し、税制のスペシャリストとして「税制のドン」と呼ばれていた）みたいな親分肌の人がいて財務省（大蔵省）の役人にも睨みを効かしていた。いまは、派閥のトップにもそんなカリスマ性のある人がほとんどいなくなった。親分も小粒になってしまった感があります。

百田　だけど、悪い意味だけど、親分といえば、二階俊博（自民党幹事長）さんみたいな人は親分じゃないの。

江崎　おっしゃる通り、見たところ二階さんぐらいですね。二階さんが凄いのは親分として子分（議員）の面倒を未だにちゃんと見るからです。

百田　だけど、二階さんには問題がある。文字通りのパンダハガー（親中派）でどうしようもないからね。「中国肺炎」の時も、自民党議員はみんな五千円だして義援金を送ろうとしていた。幸い、それは有志のみになったけど。

江崎　面倒なのは、自民党の中で唯一の親分肌の人間は二階さんぐらいで、二階さんを幹事長にしておかないと自民党は空中分解してしまうということです。

例えば、昨年の統一地方選挙などで、たとえば自民党系の地方議員候補を応援するために国会議員がその地元に入るわけですよ。政治的評価は別にして、選挙に勝つという事だけで考えると、たとえば、小泉進次郎（現在、環境大臣）さんが応援演説に来たら票になるわけです。票になる国会議員をどれだけ選挙応援に送れるのか。二階さんが凄いのは自分の候補のところに有力な議員をキチンと応援に来させる事です。

さらに二階さんがやり手なのは、たとえば自分の和歌山の選挙区に入った自民党の国会議員すべての動向を把握している点です。しかも自分の派閥でなくても和歌山の地方議員候補の応援に入ってくれた国会議員に対しては、「何日、誰誰候補の応援演説に来ていただきありがとうございます」と言って、お礼状とともに、みかん数箱を議員会館の部屋に届けてくれるのです。

すると、その議員は「自分がやっていること、二階先生はよく理解をしてくれている」と感激します。それをすべての議員にやっているのです。そんな事がやれる自民党幹部は二階さんだけです。それをやるためには、すべての自民党議員の動静を把握しておかないといけない。それが出来る事務能力を持っているのも二階さんの事務所だけだと思います。

私は二階さんの政治的主張はあまり評価しませんが、そうやって政治家の動向を丁寧に把握し気配りすることに関しては、ある意味凄いと思います。そんな風に面倒を見る政治家は、野党を含めて二階さんぐらいしかいなくなった。

かくして小粒ばかりになった国会議員たちが、次の選挙での当選のためにどうすればいいかという目先の利害に執着するようになった。

しかも野党議員の大半は外交・防衛問題には無関心、モリ・カケ・サクラで何年もやり過ごしてきた。そうすれば、テレビや新聞が取り上げてくれて、地元の有権者からも「誰々先生、テレビで見たよ」となって受けもいい。その悪弊が蔓延してしまって、私の知る野党の政治家の秘書たちも「自分たちの先生もすっかりダークサイドに落ちてしまった」と嘆いていますよ。


――立憲の野党の国対委員長が安住淳ですからね。衆院予算委員会で自分たちの野党質問を好意的に扱った朝日などの記事に花丸をつけて、自民党を大きく扱った記事には「出入り禁止」「くず」「論外」「×」などと書き込んでいましたね。ご本人こそが「くず」「論外」「×」では？（笑）。

生活費獲得のために国会議員になる――「恒産なくして恒心なし」

百田　今は自民党にしても、ポスト安倍を担えるような度胸のある面倒見のいい親分肌の国会議員はほとんどいません。彼らのほとんどは選挙で落ちたら、ただの木から落ちたサル。その途端、食べられなくなる。

たとえば、家に山ほどの財産があるなら、選挙で落ちて議員でなくなっても、暫くは食べていけるとか、あるいは会社役員で、そちらの年収が数千万円あるとか、それならばいいわけです。そういう議員はなかなかいない。生活のために議員になっている人が大半です。でも、生活に心配のいらない議員は結構、強いことを言える。麻生太郎さんは〝麻生財閥〟の御曹司ですから、堂々と発言しますよね。朝日なんかに差別発言だのなんだのと叩かれても平気の平左。あるいは、絶対に選挙で落ちない、圧倒的に地元で強いという議員も結構言いたいことを言える。国士になりうる。

ところが、そうではない、地元でギリギリ当選、比例でやっと復活当選したとか、そういう議員は選挙に落ちたら、家のローンが払えないとか、息子の大学授業料が払えなくなるとか、そんなことをいつもチマチマと考えているから、国家・国益の事なんか考えられません。

江崎　その通りです。まさしく「恒産なくして恒心なし」ですね。

もっともだからと言って財産を持つ麻生副総理が適切な経済政策を持っているのかと言われると、デフレなのに熱心に消費税増税を推進することからして、かなり疑問ですが。

百田　誰が言ったか忘れてしまいましたが、タレントとか実業家の人が「俺、政治家にでもなろうかな」と思って立候補するのは、年収二千万円がラインだそうです。どういうことか。年収が二千万円を超えていると、別に政治家にならなくてもいい。ところが年収二千万円を切ると政治家になろうかなと思うらしいのです。昔の参議院全国区なんか、そんなタレント候補が乱立したこともありましたね。

「悪法も法なり?」――「憲法9条こそ憲法違反」なり

百田　話は飛躍しますが、今の日本国憲法を持っている限り、日本は安全を脅かされ続けます。しかも国際的に大変な事になります。現実に、もし他国からの侵略を受けた場合に、今の憲法では日本は国を守れないからです。

他国が日本に攻めてきたら、どうするのか。現実的に日本国憲法は対応できず、侵略される一方です。侵略を受けたら憲法学者はどうすべきだと考えているのか。日本国憲法が大事だと思う人は、侵略されても日本国憲法を守るべきだというのです。

私はそんな本末転倒の屁理屈を聞くと、ソクラテス（古代ギリシャの哲学者）の死を連想せずにはいられません。ソクラテスは当時、ソフィスト（弁論家・教育者）たちに憎しみや妬み怒りを買って、まったくの冤罪にも拘わらず、裁判で死刑判決が出ます。ソクラテスは何も悪くないことを知っていたプラトンなど弟子や牢番までもが逃亡を勧めたのです。

しかし、これは有名な話ですが、ソクラテスは逃げなかった。その時、ソクラテスは「悪法も法なり」と言って毒杯をあおって死ぬわけです。今の状況のまま日本は他国から侵略を受けて日本国が滅びたら、二千数百年前にソクラテスが「悪法も法なり」と言って毒杯をあおって死んだ、そういう故事、逸話を連想してしまいますね。

江崎　護憲派の憲法学者たちは、占領下に制定された憲法を金科玉条のものとみなしています。

しかし、その一方で選挙によって選ばれた議員によって構成されている国会で、賛成多数で成立した特定秘密保護法や安保法制という法律は認めないと豪語している。彼らにはソクラテスの覚悟すらないですよ。

百田　数年前、あるテレビ番組で、木村草太（憲法学者。首都大学教授）さんと一緒になったことがあります。私はその時に今の日本国憲法では、日本が他国の侵略を受けた場合に日本を守れないといったのです。

そうしたら、木村草太さんは「日本が他国に攻められても、自衛隊法で十分対応できる」と断言していました。彼の頭の中では自衛隊法は憲法よりも上のようです。私はこれが新進気鋭の憲法学者かと唖然としました。

江崎　多分、本当はどうでもいいのでしょう。

憲法と憲法典は違う

――宮澤俊義氏の後任で東大法学部教授として憲法学を講じた小林直樹氏も憲法９条死守論者で、武力がなくても、レジスタンスで抵抗する権利はあると机上の空論を『憲法第９条』（岩波新書）で書いていました。

でも、かつて占領下（一九四七年）に、２・１ゼネストを左翼労組がやろうとしても、マッカーサーから中止せよと一言命令されたら、伊井弥四郎委員長はそれを呑まずにはいられなかった。フランスの反ナチレジスタンスにしてもドゴールによる亡命政府がロンドンにあって、いろんな支援があったからやれた。当時の日本は「完全非武装」状態。自衛隊もなくて非武装中立をやっていたら、そもそもレジスタンスなんて無理。こんな小林教授の戯言を東大で学んでマスコミに入ったり学者や官僚になったのが、今日まで日本をミスリードしてきたといえますね。

百田　世界の憲法学がどういうものなのか、私には分かりませんが、日本の憲法学者の主張を聞いていると、こんな楽な学問があるのかと思いますよ。つまり、数学にしても、物理学にしても、一体何が正しいのか、真実は何か、それを追い求めるのが学問だと思うのですが、日本の憲法学は何が正しいのか、真実は何か、というのは関係なく、兎に角、日本国憲法は間違いのない正しいことが書かれていると信じ込んでいる。聖書に書いていることをすべて正しいと信じる中世のキリスト教の神学者みたいなものですよ。

つまり、本当に正しいかどうかを考えず、日本国憲法は絶対、誤謬のない神聖にして犯すことが出来ない、まったく正しいことが書かれている憲法だと見る。それを前提にありとあらゆる社会現象を、この絶対で間違いのない日本国憲法に照らし合わせて、違憲か合憲かを単純に判断しているのです。

この日本国憲法そのものが、果たして現実の日本にとって最適か、または世界情勢に適しているのかどうかを、全然、考えていない。

物理学や数学は一旦、学説が出来て、その反証が求められて、絶対的に正しいという証明が出された後は、絶対に正しいのです。1＋1＝2です。これは百年経とうが、千年経とうが、同じです。インドでやっても、アフリカでやっても、日本でやっても2です。物理学もそうです。ニュートンが編み出した法則も同じです。地球の重力が変わらない限り、その法則は不変です。

ところが、日本国憲法が絶対に正しいなどという証明は誰もできないのです。しかも制定してから七十年以上も経って、一度も改正していない憲法が、なぜ正しいと言えるのでしょうか。憲法が絶対不変ではないというのは、世界の常識です。時代とともに国民の生活や意識も変わるし、またその国家を取り巻く環境が大きく変わります。だから世界の国は常に憲法を改正しています。

江崎　会社法などはしょっちゅう変わるし、刑法や民法だって変わる。

百田　そもそも、世界各国の憲法がみんな違う。この憲法が絶対的に正しいカタチだというのなら、世界の国々の憲法はすべて一緒なはずです。だが世界の憲法は国によってみんな違うでしょう。つまり、その国にとって最適な憲法は、他の国にとっての最適な憲法とは必ずしもならないということです。さきほども言いましたが、世界の国では、ちょっと古くなって、今の社会に即しなくなったなと思ったら、憲法改正していくのです。どこの国でも改正している。だが、日本は戦後七十数年の間、一度も変えていない。これはある意味、ギネスブック入りです。七十年以上一度も変えていない憲法を持っている国は世界中で日本だけです。

こんなこと、普通はあり得ないですよね。つまり、数学や物理学のような絶対真理のように憲法を扱っているのです。それが、今の日本の憲法学者たちです。さっき、日本の憲法学の教授くらい楽な仕事はないと言ったのはそういうことです。極端なことを言えば、どんなバカでもできます。

江崎　憲法は英語で言うと、コンスティチューション（constitution）ですが、その意味は二つあります。「明文化されている条文」と、「慣習法、国際法を含む国家運営の基本ルール」です。日本では条文をまとめたものを憲法典といいますが、憲法典と憲法とは違うというのが世界の憲法学者の基本的な考え方です。憲法典、つまり条文はあくまでも国家の運営のルールの中で明文化されたもの、憲法の一部に過ぎません。憲法の条文だけが、憲法のすべてではない。

よって例えば、どこの国の憲法学者も、「国際法上、独立国家であるならば憲法条文になんて書いてあろうが、自衛権は持っているし、戦時国際法に基づいて軍隊は動いていい」と思っているし、そう解釈をしている。

ところが日本の護憲派の憲法学者たちだけは、「独立国家は自衛権を保持している」という国際常識、国際法は、憲法典、つまり条文に明記されていない以上、認められないと解釈する。

では、「日本は独立国家ではないのか」ということになるのですが、日本の護憲派は「独立国家だが、自衛権の行使を制限した、半独立国家だ」と考えているわけです。その根拠はと言うと、「憲法典にそう書いているから」。

「いやいや、憲法典に明記されていなくても、独立国家には自衛権は認められているのが国際常識、国際法なんだから、日本も自衛権を行使できるはずでしょう」と、まともな憲法学者なら考えるべきなんです。

よって、世界標準からすると日本の憲法学者は「憲法」学者ではなく、「憲法典（憲法条文）」学者というべきです。

百田　なるほど、そういう意味ではイギリスの「不文憲法」こそが憲法ではないかと思うのです。つまり、イギリスには、「日本国憲法」といったような「英国憲法」という一つの法典にまとめられた憲法はない。その代わりに、マグナカルタ、権利章典などの歴史的文書や、さまざまな法律や慣習法、判例法が憲法の役割を果たしているわけですね。「不文憲法」なので、ある意味、毎年改正しているようなものです。その時代に合わせて、憲法はドンドン変化していく。その時代の常識によって変転しているところがあります。それこそが、国家が理想とする憲法なのではないかと思うのです。

江崎　不文憲法という言い方は、いわゆる憲法典、明文化された成文憲法を持っていないという意味であって、いわゆるマグナカルタ以来の様々なイギリス国家の運営に関わる条文や法律、それを全部合わせて「憲法」と言っているのです。だから、不文憲法という言い方は、日本流の憲法典がないという意味であって、イギリスは法律も含めてすべてが憲法です。その点、日本ではかなり誤解されていると思います。

日本の憲法学者は神学者のような存在

百田　日本の憲法学者って、ヨーロッパ中世の神学者に近い存在と考えればいいと私は言いました。神学者は聖書に書かれていることがすべてであるとみなす。だから、聖書に書かれていないことは、すべて間違いとなります。たとえば、コペルニクス（ポーランド出身の天文学者でカトリック司祭）は、太陽が地球を回っているのではなく、地球が太陽の周りを回っている地動説を唱えたら、そんなことは聖書に書いていない、地動説は許されないと当時みなされましたよね。だから、中世は一番、科学発展が遅れた時代でした。むしろ、中世はギリシャ時代より科学が後退したと言われているぐらい停滞した。

また、ダーウィン（イギリス出身の自然科学者）が進化論を発表する時も相当、躊躇しました。進化論も聖書に書かれていないことですから。つまり、当時の神学者はあらゆることが、科学的に正しいことなのか、間違っていることなのかではなくて、聖書に基づかないと、すべてが許されなかった。

日本の戦後の憲法学者は、中世の神学者と同じところがあって、今の厳しい国際状況では日本国憲法9条はこのように変えた方がいいのではないかと言われても、絶対的に正しい日本国憲法の条文に現実が合わなくとも、変えるべきは現実であって憲法ではないと判断するわけです。

江崎　確かに世界の現実、国民の利益よりも、憲法に書かれている条文の方が大事だという意味では、「中世」の神学者と似ているかも知れませんね。

宮澤俊義の「八月革命説」は己の保身が生んだ暴論

百田　それともう一つ、申し上げたいことがある。それは日本の文系のアカデミズムには大きな欠陥があるということです。端的に言うと、恩師や先輩の学説を批判できない点です。これが、酷い。学問は常に新しい学説が発表され、また新しい資料が出たら、それに基づいて、これまでになかった新たな考え方が浮上する。これとともに、これまでにあった学説は当然、修正・訂正されていいわけです。

その積み重ねが学問なのですが、日本の大学は恩師である教授の学説をそのまま弟子が踏襲することが多い。その学説が間違っていると分かっても、絶対にそれを言えません。教授の間違いを指摘したら、教授から後任や他の大学のポストを推薦してもらえませんから。覚えが悪くなると、ずっとスタッフ（助手・助教）どまりか、さらには他の大学に出されてしまう恐れがある。だから、日本の文系の学問で一度、「定説」が出来上がってしまうとそれをなかなか覆せません。歴史学や国文学などもそうですが、一番厄介なのが憲法・法律の世界です。

江崎　その典型が、東大法学部を支配している「宮澤憲法学」。これが劣化して今、日本の憲法学は目も当てられませんね。

百田　彼が唱えた「八月革命説」が未だに生きているのが不思議です。

江崎　これは、昭和二十年八月十四日、日本政府はポツダム宣言を受諾した。この中には、「日本国民の自由な意思にしたがって平和主義的な政府が樹立されたとき、占領軍は撤収する」云々との条項が含まれているから、日本政府がこの条項を容認したということは、明治憲法下での「天皇主権」を放棄して、「国民主権」を受け入れたということを意味する。従って、これは「革命」であり、のちに制定されることになった日本国憲法は、この「革命」によって新たに主権者となった国民によって制定されたものだという学説です。

この「八月革命説」によって、マッカーサー・占領軍が憲法を日本に押しつけたという事実が隠蔽されることになり、占領軍にとってはきわめて都合のいい「学説」です。通常、占領下に於ける憲法の変更は国際法違反ですが、これまた「革命」ということで容認されることにもなる。

百田　宮澤氏は敗戦後しばらくの間は、大学の講義でも憲法改正について、そんな革命説云々の主張はしていなかった。新憲法制定は不要で、明治憲法の適正な運用をすればそれでいいと主張していたといいます。ところが、ある日突然、「八月革命説」を主張し百八十度、意見を翻した。いま、大学で、日本国憲法の歴史を学ぶ人たちはそこから学びます。ただ、これは私の想像ですが、宮澤俊義氏が突然、学説をひっくり返したのは自分の保身のためだと思います。

というのも、戦後すぐに、ＧＨＱによる公職追放がありましたよね。大学や師範学校の先生や政治家や官僚など約二十万人が追放されます。当時、ＧＨＱの追放というのは非常に厳しいものがありまして、一度、追放されてしまうと普通の役所や企業に再就職できません。それで生活が出来なくなる。追放されたら商売か、農業をするか、あるいは野垂れ死ぬしかない。そして家族全員が路頭に迷いこむことになります。

江崎　宮澤氏は大東亜戦争（太平洋戦争）が始まった時には、「とうとうやりましたな」「この日くらい全国民を緊張させ、感激させ、そしてまた歓喜させた日はなかろう」と戦時中公言もしていましたから、追放になる可能性は十分あった。

百田　そういう厳しい現実を目の当たりにして、宮澤氏はまずいと思ったに違いありません。新憲法は制定する必要はない、明治憲法の適正運用で十分だという考えをそのまま主張していたら、俺のクビが危ないと思い始めたのではなかったか。そこで、何とか、自分だけは助かりたい。それで八月革命説を思いついたというわけですよ。

これは、あくまでも私の想像ですよ。丸山真男さんがこの革命説云々のアイデアを授けたという説もありますが、丸山といえば、戦後の輝く進歩的知識人の代表です。こんなふたりの神様が考え出した「八月革命説」は永遠に不滅ですということになるのでしょう。

おそらくは単に、自分の保身のために、無理やり編み出した学説を、小林直樹氏や芦部信喜氏などが引き継ぎ、さらに孫弟子の長谷部恭男氏などが後生大事にお護りしていく。

そして、いまだに東大法学部などの法学部生がしがみ付いているのです。司法試験もそういう考えを受け入れないと拙い。これは本当に滑稽です。七十年前におそらく小心者の一学者が自分の保身のために、無理やり編み出した説を今の学生たちはこれが、正しい、真理だと思っているわけですからね。

江崎　宮澤氏は戦前、東大の憲法学教授のときに、大政翼賛会を擁護しました。大日本帝国憲法は議会制民主主義を定めており、その議会制民主主義を事実上否定する大政翼賛会は本来「違憲」なのです。実際、違憲であるとの訴訟が起こされ裁判所で違憲と判じた例もあります（清水聡氏『気骨の判決　東條英機と闘った裁判官』新潮新書参照）。

にもかかわらず、当時「合憲だ」と宮澤氏は言い張った。大政翼賛会を含めた戦前日本における ある種の全体主義を正当化する理論を作ったのが、宮澤さんだったのです。

それに対して京都大学の佐々木惣一（日本の法学者で憲法学と行政法を専門にしていた）博士や、宮澤氏の恩師に当たる美濃部達吉博士は、大日本帝国憲法の立場から、議会制民主主義を損なう大政翼賛会は違憲の疑いがあると言って反対していました。要するに、戦前において言論の自由と議会制民主主義を日本で運用しようと一生懸命に努力した師匠たちを裏切って当時の国家権力にすり寄った男が宮澤さんなのです。

さらに惨めな横田喜三郎

百田　なるほどね。所詮、宮澤という男は、戦前も戦後も、時の最高権力者におもねるように自分の学説をうまく、ならしていく、情けない学者だったんですね。その学説の修正に関しては、一流の詐欺師だったといえるかもしれませんね。同じ東大教授の横田喜三郎（国際法学者。元最高裁判所長官）といい勝負ですね。

江崎　横田氏は、日本共産党が、戦後すぐに「昭和天皇退位論」を唱えた時に、同様に昭和天皇は辞めるべきだと言っていました。戦後（一九四九年）に刊行した『天皇制』（労働文化社）という本の中で、「敗戦後、日本の国体は変革した」と指摘し、「天皇制は民主主義に反しており、現行の象徴天皇制も、将来の国民の意志によっては変更したり廃止したりすることもできる」と記していたことがあった。

しかし、その後、天皇の認証を受ける最高裁判事・長官になる。さらには昭和天皇から勲一等旭日大綬章（昭和四十一年）・勲一等旭日桐花大綬章（昭和五十二年）・文化勲章（昭和五十六年）などを授与されることになった。そのため、東京中の古本屋を回って著書『天皇制』を買い集め、世に流布しないようにしたといいます（中西輝政・福田和也著『皇室の本義』ＰＨＰ研究所参照）。

百田　本当に情けない男です！　弟子たちに命じて、神田の古書街に行かせて、自分の本や原稿が掲載されていた雑誌を買いあさって、この世から消し去ろうなんて――想像を絶する恥ずかしさです。それも最高裁長官の就任と、勲一等が貰えなくなるかもしれないというのが理由ですよ。勲一等は天皇陛下から直接頂戴するものです。その天皇を辞めろと主張した本を過去に出版してしまった。それはやばいと思ったのでしょう。本当に、東大教授ともあろうものが、自らの保身だけを考えて珍奇な学説を作ったり、自著を自ら焚書したりするとは。

横田喜三郎は、実は私の『海賊とよばれた男』にも登場します。出光興産の出光佐三《いでみつさぞう》社長が当時、極秘裏にタンカー日章丸を、経済制裁を受けていたイランに派遣して石油を日本に輸送した事件（日章丸事件）の時です。イギリスの石油メジャー、アングロ・イラニアン社は日章丸に積載された石油はイギリスのものだと主張して出光を東京地裁に提訴した。それに対して「国際法の大御所的存在であった東京大学の横田喜三郎教授は、新聞記者たちに『国際法上、イギリスは公海上においても日章丸を拿捕できる』と言った」（『海賊とよばれた男（下）』）のです。

さらに、「横田喜三郎東京大学教授は、毎日新聞紙上で、イラン政府がイギリスに相当の補償を与えていない以上、石油はイギリスの財産と考えて扱うのが常識ではないかという談話を発表した」のですが、結局、東京地裁は仮処分申請を却下して出光が全面勝利して終わりました。

一方、京都大学の国際法学者田畑茂二郎教授は、アングロ・イラニアン社の主張は認められないのではないかと主張していました。もともとイランの石油はイギリスのものではないというのが理由です。しかし、横田喜三郎はイギリスに利があって、出光には利がないと、出光がやったことは盗品を盗んだのと一緒だというのです。彼の中ではイギリスこそ正義なんでしょうね。いや、もう法学者のレベルじゃないですよ。

江崎　横田さんの話はもっと知られるべきですね。

「護憲・平和バト」の「デュープス」にだまされるな

――かつて民社党の参議院議員にもなった関嘉彦さんと、左派系のロンドン大学教授の森嶋通夫さんが国防論争をした時、関さんは「ソ連に対して自国を守るためにある程度の防衛力を整え、足りないところは民主主義の価値観を共有する同盟国の米国に頼るべきだ」と主張したのに対して、森嶋氏は「核兵器を持つソ連に日本はかなうはずがないから非武装中立を目指し、もしソ連が侵略してくれれば、白旗と赤旗を掲げて降伏すれば、被害は多くないからよい。東欧ぐらいの自由は守られるだろう」という趣旨の発言をしていました。中国への忖度、迎合、位負け外交は、対ソ外交以来の日本の「伝統」のようですね。

百田　進歩がないのが進歩的文化人だね。評論家の森永卓郎さんも、森嶋さんと同じように、「私は日本丸腰戦略というのを提唱しています。軍事力をすべて破棄して、非暴力主義を貫くというのです。仮に日本が中国に侵略されて国がなくなっても、後世の教科書に『昔、日本という心の美しい民族がいました』と書かれればそれはそれでいいんじゃないかと」（二〇一一年一月一日「東京スポーツ」）と発言していた。

漫画家のやくみつるさんも、「軍隊持ちたくてしょうがない、戦争なんか1回も行ったことのない連中が、もう戦争従軍経験あるのは80代後半以上の人ですよね。てめえで勝手に行ってってください。そのかわりしたくない。絶対戦わない。降参してでも中国領日本で生き続けることをよしとしてでも戦いたくない人間はほっといてくれって感じですね」（「TVタックル」二〇一三年五月二十七日）と言っていた。アホちゃうかと思います。

江崎　森嶋さん同様に「赤旗と白旗」掲げて戦わずに降伏しても、平穏に生きて行けると思っているんでしょうかね。もし中国に併合されたら、チベットや南モンゴルやウイグルのような悲惨な状況下に置かれるのは目に見えている。なぶり殺しにされますよ。この人たちには想像力がなさすぎますね。

百田　森永さんや、やくさんたちが、中共の独裁者の恐ろしさを知らずに無抵抗のまま処刑されるのはいいけど、一緒に心中するのはゴメンです。本当に狂っていますよね。そういう「護憲・平和バト」的発想がヒューマンで平和主義的で美しい事だと思っているのです。テレビでこんなノーテンキな発言をするのは、江崎さんのよく指摘する「デュープス」（知らぬまに共産党に利用される人々。まぬけ、だまされやすい人）ですよね。

本当の意味で想像力がなくて、何となく、僕ってカッコいいことを言っているでしょう、私って理想主義なのよねといった印象を与えていると信じ込んでいるマヌケというしかない。

共産主義の残虐な歴史を見よ

江崎　それはやはり歴史を知らないからですよ。歴史、少なくともロシア革命以降の百年近い現代史をちゃんと学んでいたら、共産党が天下を取った国でどんな酷いことが行なわれてきたか分かるはずですから。テレビを観る暇があるのなら、本を読んで見識を広げるという事が、国を守るためにはまず必要だと思います。

共産主義がいかに酷いものなのか。そもそも、これを知らずに国際政治はできないのです。例えば、アメリカのトランプ大統領はロシア革命から百年にあたる二〇一七年十一月七日、この日を「共産主義犠牲者の国民的記念日（National Day for the Victims of Communism）」と定め、旧ソ連や北朝鮮などを念頭に「共産主義によって一億人以上が犠牲になったがその脅威は未だに続いている」と批判しています。

欧州議会も第二次世界大戦勃発八十年にあたる二〇一九年九月十九日、「欧州の未来に向けた欧州の記憶の重要性に関する決議（European Parliament resolution of 19 September 2019 on the importance of European remembrance for the future of Europe）」を採択した。この決議では、ソ連が第二次世界大戦中、ヨーロッパ各国を侵略・占領したことをこう非難しています。

《ポーランド共和国はまずヒトラーに、また2週間後にはスターリンに侵略されて独立を奪われ、ポーランド国民にとって前例のない悲劇となった。共産主義のソ連は１９３９年11月30日にフィンランドに対して侵略戦争を開始し、１９４０年6月にはルーマニアの一部を占領・併合して一切返還せず、独立共和国たるリトアニア、ラトビア、エストニアを併合した》

このように欧米諸国は、いまなお共産主義がいかに酷い人権弾圧をしてきたのかを必死で語り継ごうとしているのです。

昨年末、私はカンボジアに行ってきました。一九七五年から一九七九年の間、カンボジアの共産主義者たち、つまりクメールルージュ（赤いクメール。カンボジアのポルポト政権・武装組織）が、自国民八百万のうち、多く見積もればざっと三百万人を殺戮したと言われていますが、その関連する虐殺の跡地を訪ねました。

カンボジアの人たちに聞いて、虐殺の記念館を巡って見ていて、なるほどと思ったのですが、結局、クメールルージュたちが殺した人間というのはそんなに多くないのです。要するにクメールルージュたちは、自分たちが手を下すのではなくて、「お前ら、俺たちに殺されたくなければ、敵対勢力（親米派、親ベトナム派）を殺せ」と言うのです。それでカンボジアの普通の人間たちどうしが殺し合った。

だから、さっきの話で言うと、敵に降伏したら、自分の手で知人や両親や家族などを殺すのを強制されることがあるのです。抵抗できないから、命令に従うしかない。そういう悲劇が、カンボジアの悲劇の中でもとりわけ残虐なところです。

そういう時にやくみつるさんは、「殺されたくなければ、自分の友人や親類や娘、息子、両親、孫を殺せ」といわれて、殺すのかという話です。どうするのでしょうか。自分の命が一番大切だと思っている、やくみつるさんは、自分の家族を殺すんですかね。

「カルタゴの悲劇」がなかった分、平和ボケが進行

百田　だから、そういう意味では、日本は幸運が仇になったと言えますね。というのも、日本は軍隊が大東亜戦争（太平洋戦争）で無条件降伏しましたね。この時、多くの日本人は恐怖に震えたと思います。米軍に占領されて日本はどうなるのか。私の祖母は、「あの時、男はみんな〝金玉〟を抜かれて、女は手籠めにされると思っていた」と言っていました。

これが終戦直後の多くの日本国民の感覚です。

ところが、実際にやってきた進駐軍は、日本人が思っていたほど酷いことはしなかった。もちろん、米兵の中には婦女子を強姦したりする奴もいましたよ。でもソ連兵士みたいに白昼公然と女性を強制連行したり，男をシベリアならぬ沖縄などの収容所に大量に送り込んだとか、いま、中国がやっているチベット、ウイグルに於けるような民族弾圧的な酷いことはしなかった。東京裁判は茶番劇でしかないけど、それでも日本人被告に弁護人までつけてくれた。

結局、最悪の占領政策にはならなかったことで、逆に日本人は「戦争に負けても別にいいんだ」と勘違いしたのです。やくみつるさんや森嶋さんなどは、もし日本が他国に占領される事態になっても、それは戦後の昭和二十年代の米軍占領下の日本を想像しているのです。もちろん、日本は戦争に負けて大変な目に遭ったのですが、中国の支配下に置かれたチベット・ウイグルやソ連に編入させられたウクライナやバルト三国のような悲惨な目には合わなかったから、悲惨さを想像できないのです。

――もし北海道や、その北半分がソ連に占領されていたら、日本人の国防観も少し切迫したものになったかもしれませんね。東独と西独のような「ベルリンの壁」が日本には幸いなかった。そのために平和ボケが生じることになったといえますね。

百田　そうです。要は、日本は、「カルタゴの悲劇」から免れたわけですよ。カルタゴの悲劇は、百科事典的にいうと…。

［紀元前250年ごろ、地中海の大国だったカルタゴはローマ帝国に滅ぼされた。滅ぼされる前に愛国者のハンニバル将軍はローマ帝国の侵略を悟り祖国の危機を訴えたものの、平和ボケした市民は耳を傾けようせず、完全武装解除まで受け入れた。その結果、最終的にカルタゴの市民は虐殺され、生き残った市民は全員、奴隷となり地上から抹殺された］

敗戦後の日本は物理的にはこのような悲惨な目には合わなかった。そのことは幸運とも言えますが、一方で、占領憲法の押しつけや検閲を通じた、いわゆる「ウォー・ギルト・インフォメーション・プログラム（War Guilt Information Program＝WGIP）」による「戦争についての罪悪感を日本人の心に植え付けるための宣伝計画」といった洗脳は、ある意味で我々日本人の精神を未だに蝕《むしば》んでいるもので許せないと私は考えています。

ただ、これまで世界の歴史を見ていくと、敗戦国は、身の毛のよだつような悲劇に遭遇するのが常だった。人的な面はともかくとして、第一次大戦後のドイツに対する過酷な賠償金の取り立てなどがそのいい例ですよ。それが日本にはあまりなかった。戦後賠償も過酷なものではなかった。むしろ、アメリカ兵は日本の子どもたちにチョコレートをくれたし、場合によっては美味しいパンやケーキも食べられた。それで日本人は、アメリカさんは優しい、戦争に負けて良かったと思ってしまった。繰り返しますが、仮にソ連や中国に占領されていたら、そんなものではすまなかったはずです。

江崎　「戦争体験を語り継ごう」と言いつつも、ソ連のやったことはほぼ黙殺でしょう。満洲や南樺太や千島列島での8・15以降の戦闘やシベリア拉致抑留の悲劇について、日教組なんか教えてくれるわけもない。テレビでもほとんど扱われてこなかった。

百田　ソ連がやった蛮行をちゃんと教えてもらっていたら、日本人の考え方も変わっていたと思います。それにしても、アメリカは、すごいなと思うのは、日本から奪い取った領土（小笠原、奄美、沖縄）を返しましたね。そんな例は世界史にないと思います。

江崎　そうですね。もっとも沖縄返還に関しては、沖縄にあった中国向けの核兵器を撤去して、中国と関係を良くしたいという思惑がアメリカにあったことから、沖縄を日本に返還したという話もありますが、それでも、奄美とか小笠原まで返還する必要はなかった。奄美、小笠原まで返したという事は、アメリカはその辺は太っ腹です。

百田　私も『日本国紀』を書いているときに、なぜ、アメリカは奄美や小笠原まで返還したんだろうかと疑問に思ったのですが……。

ともあれ、沖縄返還にあたっては密約（有事の際にはアメリカは沖縄に核を持ち込む、公式にはアメリカが支払うことになっていた地権者に対する土地原状回復費四百万ドルを、実際には日本が肩代わりする）がどうのこうのと、毎日新聞の西山太吉記者が、外務省の女性と情を通じて入手したネタを野党政治家に売り込んだりしていろいろと言われましたが、奪われた領土を戦争によらずに取り戻した佐藤栄作さんの功績は評価されるべきです。

歴史力は『日本国紀』、想像力は『カエルの楽園』で学ぶべし

江崎　日本の政治というか外交は、佐藤栄作政権の頃まではある程度しっかりしていたと言えると思います。

百田　岸信介さんが、あれだけの国内の反対運動に屈することなく実現した安保改定も堂々としたものでした。

江崎　岸総理は殺されるのを覚悟して安保改定を実行したわけですからね。

百田　新安保条約の自然承認が成立する昭和三十年六月十八日の夜、国会と首相官邸周辺には三十三万人ものデモ隊が集結していました。彼らが、もし暴徒となって首相官邸に流れ込んでいたら、岸さんは死んでいたかも知れませんね。当時、日本全国の警官数は十二万程度。警視庁は二万五千人。だから、警視総監は首相官邸から逃げてくださいと進言したのに、「ここが危ないというならどこが安全だというのか。官邸は首相の本丸だ。本丸で討ち死にするなら男子の本懐じゃないか」と拒否して岸首相は官邸に残りました。弟の佐藤栄作さんと共に。

江崎　官邸に籠ったのはたいしたものでした。自民党の今の先生たちに、自分の問題としてそういう歴史の史実を知ってもらいたい。
　あなた方の先輩政治家たちは、暴徒に殺害される覚悟で、日米安保条約改定を成し遂げたという事実をしっかりと胸に刻んでもらいたい。そうした歴史を知れば、週刊誌にちょっと書かれたぐらいで震え上がるような小心者ではいけないことぐらい、分かると思うんですが。

百田　国会議員なら少しは勉強してもらいたいね。

江崎　まずは『日本国紀』を読んだらいいと思います。

——歴史力は『日本国紀』、想像力は『カエルの楽園』を読んで養ってほしいですね。

江崎　そういうのを読んで、死に物狂いで考えて貰わないと。政治家が無知だと、国が滅びますからね。もっとも自分が無知だと自覚している政治家が少ないことが最大の問題なのですが。

『日本国紀』が『真昼の暗黒』のように日本を変える！

——アニエス・ポワリエの『パリ左岸　1940-50年』（白水社）という本を最近読みました。一九四〇年〜五〇年の間、フランスの知識人たち、サルトル、ボーヴォワール、レイモン・アロンたちがどう行動したかが詳述されていますが、アーサー・ケストラーがしばしば登場しています。ケストラーの作品『真昼の暗黒』（スターリン時代のモスクワ裁判と大粛清を暴いた小説）がフランスでは一九四五年に刊行（訳出）され、一九四六年の暮れまでに五十万部の大ベストセラーになったのですが、そのさなかの一九四六年五月五日に、国民投票がフランスで行われました。「フランス国民は共産党がこしらえた新憲法に可否どちらの判定を下すのだろうか」と注目されたのですが、五二％がその案に反対し、フランス共産党は敗北する。

その時、「共産党を選挙で敗北に追い込んだ本」が、ケストラーの『真昼の暗黒』だったと、モーリアックは指摘しています。

それで思ったのは百田先生が上梓された『日本国紀』です。今年、もし文庫化され販売部数が単行本を上回り、累計百万部を超えるようになったら、日本国民の憲法賛否に大きな影響を与えるのではないかという期待が生まれます。ケストラーの『真昼の暗黒』が、フランス国民に影響を与えたように。憲法改正に『日本国紀』が決定的な役割を果たすのではないかと類推しながら『パリ左岸』を読みました。

百田　う〜ん、どうですかね。一九四六年というと、まだテレビがなかった時代です。しかし今は、どんなに素晴らしい活字の本でも、テレビという化け物がいる限り勝てません。とくに日本の場合、他の先進国に比べてもテレビ好きな国民が多い。日本人はテレビによって思考停止されたような感じがします。朝のワイドショーや夜のニュース番組でかなり偏った報道がなされている。それに悪影響を受けている人が多い。『日本国紀』が売れているといっても、百万部前後の世界ですからね。テレビのワイドショーは数百万から一千万の人が見ています。影響力がまるで違います。

それに改憲を発議する議員の中にも、ずっとアイドルをしていた人間、スポーツをやっていた人間が少なくない。歌や踊り、スポーツはうまいのかも知れないけど、政治の事なんて何も知らないで政治家をしているわけでしょう。本もあまり読まないでしょう。もちろん、タレント議員が全員、ダメという訳ではありませんが。扇千景（女優、政治家）さんや小説家の石原慎太郎さんも立派な政治家です。ただ、見ていてこいつはダメだろうというのが、たくさんいますからね。中国企業から金もらって親子旅行したとか、秘書を怒鳴りまくったり、女房が出産中に浮気したり、秘書の給与をピンハネしたり……。

江崎　やはり、民主主義を健全に機能させるためには、歴史の中で育まれた叡智を継承しないといけない。ろくに歴史も知らずに場当たり的な政治をすれば、やがて衆愚政治に陥って悲惨なことになりますからね。

百田　政治形態は何がベストなのか分かりません。実は民主主義がいいのかということもわかりません。現在は間接的な議会制民主主義が一番、いいというのが定説ですが、選挙による多数決というのは古代、ギリシャの時から弊害があった。衆愚政治とかいってね、一部のポピュリズムによって、大衆が流されることがしばしばあるから。
近年では第一次世界大戦後のドイツがそうですね。ナチスがドイツ国民を先導してひどいことになりました。そういう意味で、民主主義というのは常にその危うさがある。日本でも二〇〇九年の民主党への政権交代の時はまさにそうでした。メディアが政権交代だと煽って、日本国民は何か政権交代をしたら、いいことがありそうだと期待を膨らませた。当時の総選挙で民主党はとてつもない勝ち方をしましたよね。小選挙区制度ということもあって四百八十議席のうち三百八議席を獲得して圧勝（自民党は百十九議席）。それから三年近い悪夢の民主党政権を思うと、民主主義は怖いという側面はあります。

――でも、近年ネットがありますね。百田さんの出る「虎ノ門ニュース」なども。

百田　ネットとテレビというのは、何となく観る人の階層が分かれていますね。知的な人たちがネットを多く利用している感じでしょうか。もちろん、ネットはいろいろな人が接していますし、テレビを観ている人の中にも知的な人はいるでしょう。ですが、私の言い方は大雑把で乱暴かも知れませんが、日本人は昔に比べると、本を読まなくなりました。

江崎　そうですね。本を読まなくなったことは心配です。

一番怖いのは、テレビでしか情報を入れていないという層が増えていることです。

百田　日本ではテレビが洗脳装置になっています。定年退職者や主婦などが朝から晩までテレビを観ているわけです。その中でもワイドショーは完全に洗脳番組になっています。

進歩的文化人の類がコメンテーターとしてしゃしゃり出て、聞こえのいいことをしゃべりまくっている。間違ったニュースを垂れ流し、偏見に満ちていることを平気で言う。自分たちこそがフェイクを発しているのに、ネットはフェイクばかりといわんばかりと天に唾して平気。

江崎　『日本国紀』がこれだけ売れて社会現象になったのだから、テレビがなぜ、この本が売れたのかという特集番組をやらないのか。どういう層の人たちが読んでいるのかを分析して内容を紹介すべきでしょう。

ＮＨＫなどは、朝七時のニュース番組で、話題の書をよく紹介していますが、百田さんの本を取り上げることはない。戦後の歴史教育で語られてきた「日本」だけが、日本の歴史なのかという問題提起は、国民全体にとって考えるべきことであるはずです。

百田　メディアは『日本国紀』はほぼ黙殺でしたね。

――去年、日本のアマゾン市場で一番、売れた本という噂があります。

百田　アマゾンで十万部は売れたようです。

江崎　アマゾンだけで十万部とはすごいですね。

百田　アマゾンで単行本が十万部売れたのは他にないと思います。とは言っても、定年退職者は本を読まないですね。

ですから話は変わりますが、定年退職者の票で結構、選挙でみんな苦戦するのです。二

○一八年九月に沖縄県で知事選がありましたね。玉城デニーさんが立憲民主党、国民民主党、日本共産党など野党五党の支援を受けて当選しました。六十代、七十代はリベラル派が多くて、若い層は違うけど年寄りは投票率も高くて、その票で保守派の候補者は逆転されれ負けたのです。

七十代以上の人は団塊の世代で、人口が多いうえに、その人たちは時間があるし、まだ足腰は元気なので、ちゃんと投票に出かける。しかも、この人たちの頭は、自分たちが二十歳だった頃の価値観のままで時計が止まっている。

江崎　「70年安保」の世代ですね。

百田　そうです。

江崎　髪の毛を伸ばして反権力みたいなものに憧れた妙な世代だ。それに当時は、学生運動をしていると女の子にモテたと聞いています。

百田　私もその頃はフサフサしていたのですが（笑）、あの頃の若者の主流は、共産主義は素晴らしいと半ば思い込んでいました。70年安保の時に「全共闘」はちょっと下火になっていましたが、それでも全国の大学などでデモが頻繁にありました。全共闘世代は今でもそうした思いが捨てきれずに引きずっています。

大学のキャンパスには必ずあちこちに「タテカン」がありましたよね。「沖縄闘争」とか「日米安保粉砕」とか……。その看板に書かれている文字は中国の簡体字です。「闘争」↓

「斗争」、「万歳」→「万才」、「労働」→「労仂」。

「造反有理」（謀反には道理がある）という言葉をよく使っていました。これは、中国共産党が文化大革命の時に使った合言葉でした。「全共闘」は中国の共産主義、毛沢東をモデルにして動いていたところがあります。ソ連にはちょっと幻滅したけど、中国や北朝鮮にはまだ希望があって憧れていた。よど号を乗っ取り北朝鮮に「亡命」し、拉致工作をやったりした連中（日本赤軍）が典型でしょう。未だに、その憧れが潜在意識として残っている。だから、そういう左翼世代が、大挙してテレビ局とか、新聞社などマスコミに入った。ですから日本のマスコミは長年、中国・北朝鮮礼賛でした。日中記者協定があって、中国の悪口を書けないですよね。そういう意味では本当に朝日新聞が悪の元凶となっています。そしてテレビ局は、この半世紀の間、大量のデューープスを日本で生みましたね。マスコミでは、若い世代にも若干とはいえ、その教えが、先輩→後輩へという形で不幸にも引き継がれていった。

政治は誰がやっても同じではなかった

江崎　評論家の大宅壮一さんが、かつて日本を「一億総白痴化」と言っていましたが、文字通りそうなってしまった。

百田　彼がそう言ったのは昭和三十二年（一九五七年）ですが、今にして思えば、実に慧眼の持ち主でした。

――何とか、ネットで一億総白痴化を防ぎつつある感じですかね。

江崎　若い人はテレビを観なくて、ネットを見ているので、ネットをきっかけに固い本も読むようになれば、逆転の可能性はあるとは思いますが。

百田　ギリギリ間に合ったという気がします。もちろん、ネットの力はまだ弱いですよ。だけど、インターネットの普及がもし後五年遅れていたら、日本は相当、やばかったと思います。下手したら、いまだに民主党政権だったかも知れない。その意味で、ネットが際どいところで間に合ったという感じです。

江崎　そうなっていなかったら日本の国政はもっと酷い状況になっていたと思いますね。

百田　民主党政権の酷さというのは、ネットで分かったという感じです。ネットがなかったら、危なかったです。だってそうでしょう。あらゆる情報をテレビや新聞が握っていたら、国民に正しい情報は入ってきませんからね。

――一色正春（元海上保安官。尖閣諸島付近で中国漁船が海上保安船に衝突した映像をＹｏｕＴｕｂｅに投稿した）さんが流したあの映像を見て、日本人の多くが、中国が酷いと理解するようになった。あの画像はネットで拡散されました。

百田　ユーチューブがなかったら、あの映像は世間で絶対に日の目を見なかったでしょう。

当然、メディアはやらないし、一色さんが仮に個人的に公表したとしても、それを取り上げるメディアはなかったでしょう。ということは、一般の人は百％、この情報に触れられなかった。しかし、あの映像を見れば、誰が見ても中国が酷いことをしているとわかる。「ヘイトアクション」そのものをやっていた。そういう意味ではネットが間に合ったのはすごかった。だから、あの時にネットが普及していなかったら、政権交代はなかったと思います。

江崎　自民党から民主党政権に交代した頃は、リーマンショックもあって自民党の経済政策がかなりグタグタだった。また自民党の中にも親中派、親北派の議員がかなりいました。

百田　今でもかなりいますからね。

江崎　当時を思い返してみると、自民党の福田康夫政権は本当に酷かった。靖國神社に代わる国立追悼施設を作ろうとか、言論の自由を抑圧する人権擁護法案、そして外国人参政権の導入を打ち出しました。

一方で、民主党側は松原仁（衆議院議員。民主党国会対策委員長などを歴任）先生、長嶋昭久（衆議院議員）先生たちが頑張っていました。この先生たちは基本的に教育基本法改正に賛成であったし、外国人参政権は、むしろ民主党側がダメだと言っていたのです。今の民主党というか、国民民主、立憲民主からも、こうした保守系の議員たちはいなくなってしまいましたが、当時の民主党は自民党よりまともに見えました。

百田　とくに福田康夫さんが酷かったね。福田さんが首相になって間もない頃に記者会見で、靖國神社参拝をするかどうかを聞かれた時、「人（中国）の嫌がる事はしませんよ」と答えた。

それを聞いた瞬間に国民の多くは「この人はどこの国の首相なのか」と思った。中国の首相が言うのなら分かります。中国が日本に対して「人の嫌がることをやるな」というなら、理解できます。ところが、日本国の首相が「中国の嫌がることをしない」と言った。この瞬間に自民党は次の選挙で敗北が決定しましたね。

江崎　これは酷かった。自民党が選挙で負けても仕方がない気がしました。

百田　次の総理になった麻生太郎さんはマスコミが叩き過ぎましたね。当時、新聞テレビの一般メディアが強かったから、それに麻生さんは屈した感じがします。「日本の教育のがんは日教組」「日教組が強いところは学力が低い」などと正しいことを指摘した中山成彬国土交通大臣を更迭し、それから日本郵政社長（西川善文氏）の退任を求めた鳩山邦夫総務大臣を更迭したのも麻生首相でした。今の麻生さんなら、そういうことはしなかったと思いますが、当時、安倍内閣が倒れて福田内閣もガタガタになって、それで自民党は相当、メディアにおもねったところがありましたね。それで自民党についていた保守支持層が随分、失望し離反していった。

――そこで、民主党に一度、やらせてみようかという空気が国民の間で支配した。

江崎　この空気は、民主党がいいというより当時の福田、麻生政権が酷かったということです。ところが政権交代が実現したら、民主党政権はもっと酷いことが分かった（苦笑）。

百田　民主党が政権を握った時、私は選挙速報を見ていて、日本は相当厄介な時代になったなと思いましたね。私もその当時、自民党に嫌気がさしていましたが、それでも、選択肢がなかった。自民党しかないという意識でした。今にして思えば、あの民主党の三年間というのは大変でしたが、それで多くの国民が目覚めたところがありましたね。それまで政治というのは、誰がやっても同じだろうと日本人は思っていました。もっと言うと首相というのは誰がやっても一緒だろうという思いがあった。しかし民主党が政権を取ってから、その考えは間違いであったと気付いたのです。

民主党政権の唯一のいいところは、政治は誰がやっても同じではなかったということを学んだということです。

江崎　「政治がひどいと、国民生活に悪影響を与える」ことを知ったことは大きかったと思いますね。

百田　人間や国家というのは、そうやって学ばないと分からないときがあるのです。失敗しないと分からない。今回の「中国肺炎」をめぐる危機管理の失敗も同じことがいえます。歴史は繰り返す……。しかし、国防で失敗を繰り返すことがあってはなりません。次章では、日本の安全保障問題を考えていきたいと思います。

第3章

本当に危うい日本の安全保障

容共リベラル・オバマ政権の錯覚

――憲法9条改正の問題は日本の安全保障と深い関わり合いがあります。こうした中、令和に入ってから日本の安全保障は非常に危うくなって来ました。周辺の国々（中国、ロシア、韓国）と日本は領土問題を抱え、とりわけ尖閣をめぐっては中国とは一触即発の状況にあります。9条改正がまだ先の話となると、いま、現在、やるべきこと、やれることを日本は一刻もはやく実行する必要に迫られています。こうした中、同盟国であるアメリカは頼れるのでしょうか。

日米の安全保障関係で最大の危機は、アメリカの変化にある、という見解を江崎先生はお持ちです。そのキーポイントがアメリカによる「世界の警察官卒業」宣言です。そうなった原因が二〇〇一年9・11同時多発テロと、二〇〇九年オバマ民主党政権の誕生にあったと分析しておられますが、この辺のところから議論を始めてください。

江崎　同時多発テロが発生するまでアメリカはロシア、中国といった大国を仮想敵国として想定していました。しかし同時多発テロを契機に「テロとの戦い」を言い始めたのです。イスラム過激派などテロリストたちを封じ込めるために軍を最大限、活用する事になったのです。そのために「大国との戦争」より、「テロリストとの戦い」を優先させていく。

そして装備や武器を含めて中国軍やロシア軍への軍事的評価、そして分析・研究を怠っていく。両国の戦略の分析・研究をするインテリジェンスの人員を減らし、その分、イスラム過激派などテロの研究にシフトしていきます。その結果、ブッシュ政権の後半以降、アメリカは徐々に大国との戦争への備えを怠るようになってしまったのです。

百田　一九九一年にソ連が崩壊し、欧州方面とはいえ東西冷戦が終結して、ようやく世界に平和の兆しが出てきたかなと思ったけど、21世紀に入って、20世紀とは根本的に違う、混沌とした世紀が幕開けしてしまいました。イスラムのテロは怖いけど、それ以上に中国が、とてつもない化け物に育ちましたね。

中国は自分の利権だけを考えている国で、しかも韓国は日本に憎悪を向けている。トランプ大統領が金正恩を「対話と威嚇」でちょっと懐柔しているものの、北朝鮮は拉致、核開発など、ならずもの国家として、今後も何をしでかすか分かりません。

このように、アジア周辺で軍事的にも「きな臭い」ことになっていますが、ヨーロッパも混沌としていますね。移民で失敗した国も多数出ています。本来、その国の人々ではない移民が、その国の文化に同化せず、ひとつの国の中に別の国が生まれつつあるという国もあります。以前にはなかったような犯罪に悩まされている国もあります。英国はEUから離脱することに成功したものの前途多難。世界中が安心して生活できる国がドンドン、なくなってきています。アメリカにしても、ブッシュの後の民主党の容共リベラル的なオバマ政権の誕生も大きかったですね。あれでアメリカの劣化が始まりました。

江崎　オバマ「民主党」政権になって、米軍の劣化が加速化され、その弱腰を見透かすかのように、中国の人民解放軍、海軍が南シナ海で軍事基地を建設するようになります。

中国は軍事基地建設のために南シナ海に土砂を運搬していたわけですが、その運搬を止めさせるために、アメリカ太平洋艦隊が妨害工作をしようとしました。しかし当時のオバマ政権は妨害工作にゴーサインを出さなかった。

百田　第2章で取り上げた野田聖子議員みたいにオバマもまた「南シナ海のことなんか、アメリカとは関係がない」と思ったんでしょうね。

江崎　オバマ大統領が言っていたのは、「アメリカは世界の警察官にならない」。だから、表向きは「アジア重視」を唱えていましたが、その実態は「(アメリカは)アジアの事はほっておく」でした。日本の防衛・外交専門家たちが、オバマ政権は「アジア重視」を唱えていて、中国封じ込めをしようとしていると盛んに言っていましたが、実際の米軍の動向を知っているのかと、私は、疑問を抱いていました。

ハワイのインド太平洋軍司令部を訪問した際に、その関係者が「オバマ政権がしていることは、アメリカ封じ込め政策だ」と言ったことが非常に印象的でした。米軍が米国本土から出られないようにする。そして軍縮をドンドン進めて、装備がボロボロになってもかまわない——というのが、オバマ政権が実際にやったことでした。容共リベラル派の民主党というのは、日本でもそうですが軍人が嫌いなようです。

――アメリカが「アメリカを封じ込める」というのは、皮肉ですね。

「テロとの闘い」から「大国との闘い」へ転換

江崎　アメリカ軍は一九九一年の湾岸戦争以来、正規軍と戦争をしていません。でも、トランプ政権になって軍艦の数を現有より八十隻増やして三百五十隻体制にするという方針が示されました。もっとも軍艦建造能力が衰えてしまっていて、それを達成するのは三十年後の二〇五〇年となりますが……。また、インテリジェンス能力を強化するように方針も転換した。軍縮から軍拡に向かっているのは正しい選択です。

百田　軍艦八十隻増やすのに三十年もかかるのですか。

江崎　最新鋭の軍艦の建造にはおカネと時間がかかります。クリントン大統領の時代に、アメリカは金融で食べていくと方向転換し、製造業は中国や台湾に任せてしまった。グローバルなサプライチェーン（供給網）の構築という事で、生産拠点をアメリカから中国、台湾に移してしまった。その結果、軍艦建造能力がアメリカでガクンと落ちたのです。

軍艦を建造するというのは、「一品モノのスーパーカー」を作る以上に大変なことなのです。熟練工を含めてさまざまな技術が必要です。その技術の多くが中国側に移転してしまっている。その生産拠点をまた、アメリカに戻して再び熟練工を育てながら、アメリカで最強最新鋭の軍艦を建造するので大変な労力と時間が必要なのです。

三十年も掛けてアメリカ海軍は三百五十隻体制に強化させていく計画ですが、それでようやくアジアにおける海軍力は中国海軍と質量ともに互角になります。アメリカ海軍の強化は待ったなしの状況です。

よってトランプが大統領になってまず行ったことが、軍の強化でした。「テロとの闘いも大事だが、それよりも大国との戦い、とりわけ、中国との戦いでアメリカが勝利する事が最大の目標だ」というわけです。ブッシュ大統領以来、十七年ぶりに「テロとの闘い」から「大国との戦い」へ軍事戦略を戻したのです。

誤解のないように言っておきますが、実際に中国と戦争をしようというのではありません。米軍が弱体化したのでアジアに関与してこないだろうと「勘違い」をして中国がアジアで戦争を引き起こすのを断念させようということです。

アメリカ軍の再建をやっているので国防費は毎年七兆円ぐらい増やしています。これは日本の一年分の防衛費（約五兆三千億円）より多い額です。それほど軍事、とりわけ海軍、空軍の強化はおカネと時間がかかるのです。乗組員、パイロットの育成も必要ですし、一朝一夕にはできない。

軍拡する上で製造業の空洞化が深刻な課題

百田　大東亜戦争が始まった時、アメリカ海軍は日本軍の真珠湾攻撃で大損害を被りました。空母は無傷だったけど、その保有隻数は日本より少ない規模でしかありませんでした。

しかし日本の空母部隊の凄さを見て、これからは空母だと、一挙にすさまじい建造計画を立てます。護衛空母は百隻作り、エセックス級という高性能の正規空母を戦争中に二十四隻も就航させました。同じ時期、日本が就航させた正規空母は一隻だけです。だから、戦争後半は、空母の数では日米間に天地の差がついてしまった。

江崎　第一次世界大戦の時、兵器をはじめ戦略物資をヨーロッパ各国に輸出したために、アメリカの軍事産業は急成長を遂げました。

当時のアメリカには、それだけのマンパワーがあったのと、製造業がアメリカ国内にあったために、兵器を生産する能力が高かったのです。だから大東亜戦争の時も、一気に戦力を拡充できた。でも今では自前で軍艦一つ作れない状況まで製造業が空洞化してしまっているのです。

百田　だってアメリカはクルマひとつ見てもそうですね。アメリカのクルマはボロイものね。アメリカのクルマをよく見たら部品がズレている場合がある（笑）。

江崎　それに加えてインテリジェンス能力の立て直しが課題です。トランプが大統領になってCIAに「コリアミッションセンター」を作り、韓国や北朝鮮専門のインテリジェンス体制を強化しました。この組織が、金正恩の動向や北朝鮮の核施設がどうなっているのかなどの情報を積極的に収集しています。コリアミッションセンターが凄いのは、韓国に逃げてきた脱北者を片っ端から、カネに糸目をつけずにビジネスクラスに乗せて連れてきて、徹底的にヒアリングをしたのです。北朝鮮の食糧事情はどうなっているのか、ミサイル開発はどうなっているか、通信の仕組みはどうなっているか等々、徹底的な情報収集をしています。そういう事にカネを掛け始めたのです。

百田　アメリカは「敵」に対して、本当にやるときは凄いからね。

江崎　やるときにやるのがアメリカです。ただ軍事やインテリジェンス体制は一旦、壊れるとそれを立て直すには時間がかかります。

北朝鮮を軍事的に叩けない本当の理由

――これまで、囁かれていた第二次朝鮮戦争とか、（金正恩の）斬首作戦とか、暗殺計画とかをアメリカが最終的には実行に移さなかったというのは、情報収集の不備で、決定の自信がなかったからですか。

江崎　北朝鮮を軍事的に叩くことをアメリカがしなかったのは大きく三つの理由があると言われています。

一つ目は、北朝鮮の核・ミサイル施設に関する情報が十分でなかったことです。攻撃目標を正確に把握しなければ、精密爆撃はできません。

二つ目に北朝鮮に核関連施設を含めて、軍事施設が約千二百か所あると言われている。そのすべてを空爆するためのミサイルや燃料の備蓄が不十分だった。全部を一気に爆撃するためにはグアム基地から爆撃機が北朝鮮に向かうわけですが、アラスカ基地に配備されている爆撃部隊をグアムに持ってくる必要があります。そのアラスカからの爆撃部隊が動くためには、整備兵が必要です。そして、ミサイルや武器弾薬、燃料倉庫を新たに作らなくてはならない。

そのためにグアム基地を強化するとなると、ものすごいおカネと時間がかかる。それが出来ない限り北朝鮮への一斉爆撃は不可能です。平壌を空爆するぐらいなら簡単ですが、それだけでは北朝鮮の核開発を阻止できません。

三つ目は、これが最大の課題だと言われていますが、爆撃した後の話となります。爆撃した後、千二百か所と言われている軍事・核施設を実際に制圧・占拠して、核開発に従事した技術者を拘束する事が求められます。核開発を阻止し、核燃料を施設から取り出したり、いろいろなデータを確保したりするためにすべての核・ミサイル関連施設に専門家を送らないといけないのです。

そのためには、関連施設を爆撃後、すべて軍事的に制圧しなければならない。一つの施設を制圧するのに百人の部隊が必要だとすると、単純計算をすれば、十二万人の地上軍が必要となります。本来、その地上軍派遣は韓国側がやる予定でしたが、容共リベラル政権の文在寅大統領は非協力的でやる気なし。

爆撃するのは簡単ですが、爆撃をした後に核関連施設などすべての軍事施設をコントロールするだけのマンパワーがアメリカ軍にありません。だから、結果的に軍事的に叩くことは出来なかったと言われています。

なお、別に国際政治力学上の課題もありました。

例えば金正恩を狙ったピンポイント的な斬首作戦も、彼の位置情報を確定するのが困難ですからなかなか実行に移せなかったし、その作戦に成功したとして、その「次」をどうするのか、ということです。金正恩政権に変わる「傀儡」政権を樹立するとしたら、当然のことながら、その政権構想について中国やロシアと予め話し合い、一定の合意を勝ち取らなければならない。特に中国との合意を獲得しておかないと、朝鮮戦争のときのように、北朝鮮に展開する米軍は、中国「義勇軍」と戦わなければならなくなるわけですから。

百田　なるほど。マンガならピンポイントで金正恩の居る所を爆破して爆殺すれば一件落着だけど、そうはいかないんですね。ゲリラ組織のアルカイーダなら可能でも、国あげて隠れ家を作られると、簡単にはいかないと。

江崎　一方、中国の近年の軍拡はすさまじく、公開情報でもここ二十年近く、毎年十％以上国防費を増やしてきました。さらに、アメリカ国務省が発表した「中国に関する年次報告書２０１４年」の中で、中国が「短期激烈戦争」（ショートシャープウォー）を計画している事が明らかになっています。これは、大量ミサイルを短時間に日本列島へ発射して、アメリカ軍が来る前に日本を降伏させるというプランです。

この計画に基づいて中国軍は台湾、尖閣、沖縄の上陸作戦を演習でやっています。この情報を得たのは、アメリカ海軍・太平洋艦隊の情報将校でジェームス・ファネル大佐です。

彼は、中国軍が立案した尖閣奪取作戦を知って、これはまずいと、同盟国の日本にすぐに伝えるべきだとアメリカ軍上層部に進言しました。それに対して当時のオバマ政権は「ノー」だったのです。それで、ファネル大佐は思い余って、あるシンクタンクで、この話をしたのです。そうしたら大騒ぎになってしまった。

大騒ぎになってファネル大佐はどうなったか。更迭、事実上のクビです。

おかげで「短期激烈戦争」のことを知った安倍政権は、沖縄を含む南西諸島防衛の態勢を強化していますが、なにしろ予算が少なすぎる。

それ以来、短期激烈戦争を実行するミサイル軍を中国人民解放軍は強化しているのに対して、日本側の対応は遅々として進んでいません。頼りにしているアメリカ第七艦隊も、いざとなった時、日本に近寄れません。なぜなら中国人民解放軍に空母キラーミサイルがあるからです。千五百キロの最大射程のある中距離弾道ミサイルで、アメリカ軍のミサイルディフェンスはこのミサイルには役に立たないと言われています。

これは本当に深刻です。これに対して日本では自民党の小野寺五典（元防衛大臣）さんなどが、日本の自衛隊はしっかりとした反撃能力を持つべきだと主張されています。相手のミサイル基地に「反撃」する能力を持っていないと、米軍は日本を助けに来ることもできないのですから。こうした自民党の議員の提案に対して、アメリカ太平洋艦隊の司令官が、全面的に応援すると言っていましたが……。

百田　私は一回、石平（評論家）さんと中国軍が日本を攻めるとしたら、どこからかと、シミュレーションをしたことがあります。そのうちの一つが、東京湾です。仮にミサイルを大量に日本に撃たなくても、中国海軍が東京湾に大挙して攻め込んできたときに果たして日本はそれを防御できるか。

憲法9条がある以上、相手が攻撃して来なかったら、自衛隊は何も出来ません。そうして対峙して、中国軍は領海に入る手前で攻撃ミサイルを何十発か発射すれば、一瞬のうちに自衛隊の艦船や部隊に大打撃を与えられる。攻撃の数時間後、東京は中国軍に占拠されてしまうでしょう。上陸した中国軍は国会と、テレビ局や新聞社を次々に制圧します。たとえ日本政府が緊急事態を宣言して自衛隊法に基づいて治安出動や防衛出動をやろうとしても、日本の中枢を制圧されたら日本は終わりです。もう自衛隊も警察も動けません。コロナウイルスを持った（持っている恐れのある）中国人の入国すら阻止できない日本政府では、武力を持った中国人兵士や軍艦を阻止できるはずもない（苦笑）。

江崎　今、百田さんが言ったことは、荒唐無稽な話ではありません。実際、ロシア軍がクリミア侵攻でやったことです。これは「ハイブリッド戦争」（電磁波、サイバー、プロパガンダ、ネットなど通信システムを破壊する手法）と言われています。SNSを含めて相手国の情報を遮断して民兵を送り込んで、放送局を占拠してフェイク情報を流します。そして親ロ派の国民を使って、一方的に分離独立を宣言させた。

中国は、この「ハイブリッド戦争」を実行する専門部隊を二〇一五年十二月に創設済みです。「戦略支援部隊」といって、陸海空と、核ミサイルを含むロケット軍に次ぐ第5軍として予算と人員を投入したのです。

そのほかに、浙江省には海上民兵部隊も創設されていて、隊員は七千人、船が二百隻と言われています。この二百隻に二千人近くの「海上民兵」が乗船して、かつて日本の小笠原近海（日本の領海&排他的経済水域）でサンゴの密猟をやってのけた。あれは「予行演習」みたいなものだったのです。だから、東京湾侵入シナリオも、妄想や荒唐無稽なものではなくて現実に考えられるシナリオです。

もちろん、横須賀を拠点としているアメリカ海軍や横田のアメリカ空軍などが控えているので、おいそれと東京湾侵入ができるとは思っていないでしょうが。

首相官邸を一瞬に制圧されたらおわり

百田　石平さんとこの話をしたのはクリミア戦争の前です。『海賊とよばれた男』で書いたのですが、アメリカがイラン政府にやはり同じことをやっているのです。イラン政権がわずか、数時間で倒れました。

これはアメリカのCIAが行った作戦ですが、イランの首相官邸を一瞬で乗っ取り、テレビ局もあっという間に制圧して、それで終わりです。簡単です。トップの指揮系統さえ抑え込んだら、自衛隊は動けません。最高指揮官の首相が拘束されたら自衛隊は手出しできませんから。

江崎　いまは通信システムが押えられたらアウトです。だからこそ衛星回線を守るためにトランプ政権は宇宙軍を創設したのです。安倍政権も自衛隊の中に宇宙部隊を作って衛星回線を守ろうとしている。アメリカは通信システムを守るために、中国の通信大手ファーウェイ（華為技術・中国の通信機器最大手。5Gで先行）を排除したのです。衛星回線を守らなければ、戦争になったら中国軍にあっという間にやられてしまうからです。

百田　ほんまに、中国が厄介ですね。

──二〇一六年に、中国軍戦闘機が東シナ海上空でスクランブルした自衛隊空自機に「攻撃動作を仕掛けてきた」こともありましたね。近年，中国軍機に対するスクランブルは鰻登りです。さらに、注目したいのが、外交の場での世論戦です。

江崎　アメリカに対する宣伝工作でよく言われていたのが、日本大使館はアメリカの要人やジャーナリストに食事をおごりながら日本の立場を説明する。対する中国はアメリカの出版社や地元のラジオ局を次々と買収する。そして、中国寄りのニュースや解説、宣伝をバンバン流す。ことほどさように中国のプロパガンダは強力で徹底しています。日本とはスケールが違うし、その影響力は絶大です。

新華社通信は今、海外に支社が百八十、特派員が六千人、これに対して西側最大の通信社AFPでさえ、世界に支社は七十二か所です。AFPより倍以上の支社を持って新華社通信は世界中にネットワークを張り巡らせて、そして、中国のプロパガンダを世界中に流す。けた違いにカネを使っており、これまた凄まじい。何しろ予算のかけ方が違う。

百田　これに対してトランプは的確に対抗しています。中国の新華社やCGTN（中国国営外国語放送）や英字紙「チャイナ・デイリー」などは「マスコミ」ではなく「中国の宣伝機関」とみなすことにしましたね。その結果、米国内の各国大使館や総領事館と同様、現地採用を含む従業員の基本情報や新規雇用・解雇、資産に関する報告が義務づけられることになった。また、新たに資産を所有または賃借する場合、事前承認が必要になるとのことです。

江崎　アメリカには、外国代理人登録法（Foreign Agents Registration Act）という法律があって、外国勢力の利益を代表するエージェントが、その外国政府との関係および活動内容や財政内容に関する情報を開示することを義務付けています。もともと戦前、ソ連とナチス・ドイツによる対米工作を取り締まるために作られた法律で、外国勢力が特定の政治目的で政治家に会うことは構わないが、その活動はすべて公開して、有権者にその是非を判断させる仕組みを整えているわけです。

日本の産経新聞の取材を拒絶することもある中国に対して、日本政府も新華社などにそういった対抗措置を取ればいいのです。アメリカや中国と同じく日本も「外国人」の政治活動を徹底的に監視し公開することで、相手の動きを牽制したらいいのです。

尖閣の次に危ないのが対馬

江崎　「中国肺炎」で日本からの緊急支援物資が大量に届けられても、相変わらず尖閣諸島周辺に中国公船が毎日のように現れ、尖閣海域に日本の漁船は近づけない。次は対馬海峡が狙われます。この対馬の周辺海域を「中国の海峡」にすることを目論んでいます。

手始めに二〇一九年から中国空軍とロシア空軍が共同でこの対馬空域のパトロールを始

めました。竹島上空から対馬、日本海を共同でパトロールして「ここは中国とロシアの空だ、そして海も我々の領海だ」と主張するような形で明確に動き始めた。これに対して在日米軍の戦闘機が日本海周辺を周回していますが、日本の自衛隊はスクランブルをかけるのが精一杯で、劣勢です。さらに悪いことに、米海軍横須賀基地に配備されている原子力空母ロナルド・レーガンの乗組員二人が中国肺炎に感染したことが三月二十七日に確認されました。そのため、米軍は横須賀基地を封鎖しました。インド太平洋地域を航行中の空母セオドア・ルーズベルトでも感染者が出ており、このため、米空母がしばらくの間、日本周辺海域から南シナ海方面でのプレゼンスが低下してしまいます。

このままだと、尖閣周辺海域に続いて対馬海峡も紛争海域になって日本の漁船が近づけなくなると思います。日本は、中国とロシアによって残念ながら追い込まれています。これに対して安倍政権は二〇一九年八月、福岡にヘリコプター部隊を増派しました。対馬海峡を守るためにです。安倍政権としてもそれなりの対応をしているのですが、物量で叶いません。

百田　困った話ですね。そもそも、中国の人民解放軍は戦後七十年経過してレベルアップしているのでしょうか。

江崎　中国人民解放軍は血みどろの戦争が苦手です。そこでサイバー攻撃とミサイル攻撃に重点を置いています。要するに、ボタン一つで戦える戦争。まずミサイル攻撃で相手を徹底的に潰す。そして相手が完全降伏したら、地上部隊を送り込むという戦法に特化しています。

百田　米軍もそんな感じになってきていますね。

江崎　ええ。ですからミサイル攻撃を主体とするロケット軍を、習近平は①陸軍、②海軍、③空軍に次ぐ第4軍に格上げしたのです（実質的な第5軍は戦略支援部隊）。そのように中華民族の伝統的弱点を理解したうえで、ダメな軍隊でもいかに勝つかを考えています。その点、習近平は大したものです。

百田　あと、もう一つ良く言われるのが実際、中国は子どもが戦死したら親が耐えられなくて大変なことになるというものです。中国は長い間、実施されてきた一人っ子政策で、子どもを親は溺愛しています。ですから、たくさんの兵士に犠牲が出るような地上戦になったら中国の人民解放軍は、闘わないという説があります。これは事実かどうか分かりませんけど。

江崎　ですから、ミサイル戦とサイバー戦なのです。

百田　ただ、中国はここ百年ぐらい戦争で勝ったためしはない。朝鮮戦争で辛うじて引き分けですかね。

江崎　あれも、トルーマン大統領が、マッカーサーの進言を取り入れなかったから、引き分けになったわけですね。

百田　マッカーサーは原爆を朝鮮に落とせと言ったのですよね。

江崎　正確に言うと、中朝国境にダーティー・ボム、いわゆる放射性物質をばら撒く計画だったと言われています。

百田　あの時、中国軍は毛沢東の命令の元に神風特攻隊みたいなことをしていましたからね。

江崎　その最前線に送り込まれた一部は元中国国民党軍の兵士だった。要するに中国共産党は、国民党軍の捕虜たちを朝鮮戦争の最前線に立たせて、殺したわけです。

百田　彼らを使って地雷原を突破させたりしたのですね。毛沢東からすれば、一石二鳥。中国は大昔から督戦隊（最前線で戦っている自国の兵士が、命令を無視して退却、あるいは降伏する事態となったら、後方より自国の兵士を攻撃する部隊）というのがありますね。ある意味で、そうしないと戦ってくれないぐらい弱い軍隊でもある。

江崎　とはいえ、この前ハワイに行ってアメリカ太平洋軍司令部の関係者と、そんな中国軍の実態について話していたら、「わが米軍も湾岸戦争やイラク戦争以来、二十年近く正規軍と戦争をした事がない」という。「いまは、ドローン（無人戦闘機）などで、ただ空からテロ部隊を攻撃するだけ。アメリカ軍も血みどろになって敵の正規軍との闘いをすることがあまりなく、そうした人間が、軍の幹部になっている。それを思うと中国軍を笑えるのかというと、笑えない」と真顔で言っていました。いわんや我が自衛隊などは、警察予備隊発足以降今日までまったく実戦体験はないのですから……。

百田　戦争（実戦）体験というのは、絶対になくてはならないという訳ではないけれど、戦争をする場合においては、大きな力になりますね。たとえば、大東亜戦争の話をしますと、日本の連合艦隊は日露戦争以来、戦争をしていなかった。第一次大戦の時、英国の要請で地中海に派遣して少し活動をした程度です。

一方、日本陸軍は日露戦争のあとも、日中戦争や満洲事変で毎年のように戦争をしていました。それに伴って、ノウハウも蓄積されていったのです。海軍の山本五十六、南雲忠一（日本海軍大将）などの、司令官クラスは二十代で海軍士官学校を卒業して海軍に入隊してから、一度も戦争（実戦）をしないうちに、五十歳ぐらいで艦隊の司令官になったのです。

米軍は弱くなった？

江崎　レーガンが大統領であった一九八〇年代後半、戦わずにアメリカがソ連を屈服させたじゃないですか。あの時、ベトナム戦争の歴戦勇士たちが、アメリカ軍の幹部にたくさんいました。良くも悪くも戦争を経験している人たちがいたことで、それなりにソ連の軍事ドクトリンと対抗できたといえます。

でも、今の米軍は湾岸戦争以来、正規軍との戦争をしていません。クリントン時代に、ソマリアの内戦に介入したものの米兵が二十人近く殺され、その死骸が市中引き回される映像が流れて米国民が衝撃を受けたことがあった。そのトラウマが今日まで残っている。地上軍を出すことは、死者や捕虜を出すことになる。ドローンなど空軍機からの攻撃なら ば、死傷者はゼロに近くなるからまだやれるのですが……。

その後も、アフリカのベンガジ事件（二〇一二年九月、リビアの東部ベンガジにあるアメリカ大使館がイスラム過激派に襲撃されて大使のほか、大使館職員三人が殺された）などが起こりました。そこで、有事即応部隊を作って対処しようとはしていますが、とても「北朝鮮に地上軍を出すのは怖くてできない」との声もあるのです。

前述したように米軍関係者に「北朝鮮の核施設やミサイル基地を制圧するために、アメリカ陸軍は出動できるのか」と聞いたら、「難しい」という。いや、「北朝鮮軍は怖くないでしょう」と私がいったら、「我々の敵は北京だ。もちろん北朝鮮軍なんて大したことない。だが、人民解放軍の部隊が北朝鮮の軍服を着て、そこ（北朝鮮の核施設）で待ち構えているのは決まっている。あいつら（北朝鮮にいる人民解放軍）は、ウイグルやチベットなどで人を殺しまくっている連中だ。我々と根性が違う」と言っていました。

百田　確かに、アメリカで最近、無人戦闘機（ドローン）による攻撃が増えましたよね。

江崎　この間、アメリカはドローンを使ってイラン革命防衛隊の「ゴッズ部隊」の司令官カセム・ソレイマニを殺害（二〇二〇年一月）しましたが、実際に現場に行って死体を確認したのはイスラエルの諜報員でした。

兵器の能力は上がっていますが、アメリカ軍人の個々の能力というのは、「お前たち（日本人）が考えている以上に我々の側はダメージを食らっている。そのことは理解していた方がいい」と言われました。米軍をスーパーマンのように強大で無敵の存在であるかのように誤解している人が多いですが、その実態は結構、深刻なのです。

もちろん、こうした弱点を踏まえてトランプ政権は毎年国防費を七兆円近く増やし、米軍側も実戦さながらの危険な訓練を繰り返して戦える軍隊としての練度を必死であげているわけです。米軍が弱くなったと見なされたら、抑止力が弱まり、中国などによる戦争を誘発しかねないですからね。

中国を経済的に封じ込めるべき

――中国は世界の大国として力をつけ、覇権主義を突っ走っています。日本はその中国を大国にさせた責任がありますね。
江崎　一九八九年の天安門事件（中国北京の天安門広場で学生、市民が民主化を求めて大規模なデモとなり、中国政府は武力弾圧）の後、中国に対する経済制裁解除を自由世界で最初にしたのは日本ですし、その後の天皇陛下（上皇陛下）の訪中（中国政府から天皇の訪中要請を受けた当時の宮澤喜一総理は一九九二年十月に訪中を実現させた）を受けて、中国制裁をしてきた欧米諸国が一斉に制裁解除に動いたわけですね。

このご訪中のとき、私も中国に取材に行きましたが、北京の天安門事件に日本の国旗「日の丸」が一面に翻っているのを見たときは、なんとも言えない気持ちになりましたね。何しろ「軍国主義国家」日本のシンボルである「日の丸」の旗を天安門広場に掲げてまで、ご訪中を歓迎しようとしたのです。なんとしても国際社会の経済制裁を解除したいという中国共産党幹部の執念みたいなものを感じました。

このご訪中を契機に国際社会による経済制裁の解除と、ＷＴＯ（世界貿易機関）加盟を契機にアメリカ市場にアクセスできるようになったことで中国は、西側の技術や資本を活用して高度経済成長を遂げました。

百田　21世紀に入った後、チャイナリスクと言われて、欧米諸国は中国から逃げ出したのに反比例するように、日本から資本がドンドン中国に投下されて行きました。日本の経営者にとっては中国の賃金の安い労働者を雇入れて、生産させるわけですから会社は儲かります。

でも、日本の労働者に賃金を払っている会社は儲からないけど、国全体を見たら、高い給与を払おうが、そのカネは日本で回るわけです。中国人労働者を雇って、仮に給与が半分のカネで済んだとしても、そのカネはすべて中国に流れることになる。本当にそんな事を十年、二十年も続けていたら、日本の経済力はガタガタになりますよね。経済大国・日本が潰れるかもしれない。どれだけのカネが日本から中国に流れたのか、想像もつかない。

江崎　自分で自分の首を絞めるようなものでしたね。クリントン以降の民主党政権のアメリカも中国にかなり肩入れしました。トランプ大統領の通商政策の顧問を務めているピーター・ナヴァロ教授も「二〇〇一年に中国がＷＴＯに加盟し、米国市場に自由に参入できるようになって以来、米国は七万か所以上の製造工場を失い、経済成長率は半分以下に縮小した」と言っています。

日本の民主党政権も確信犯なのか、マクロ経済オンチなのかは分かりませんが、円高を容認して、輸出が主力である日本企業の中国進出を加速させました。

日米両国の民主党政権が自国の製造業を中国に追いやったわけで、そのおかげで中国は現在のような経済発展を手に入れることができたわけです。

百田　中国はそうやって経済大国になった一方で、軍事大国にもなった。しかし、驚くことに中国が高度経済成長している時も、中国は日本からＯＤＡ（政府開発援助、中国には一九七九年から三十年以上も総額三兆円の援助を実施）を貰っていた。中国政府が日本に次ぐらいの経済大国になった際、日本からＯＤＡのおカネを貰う時には、中国はいやいや一人当たりＧＤＰは低くてまだまだ貧乏国ですと、二枚舌を使い分けていました。

江崎　旧田中派の自民党の大物政治家たちが政府開発援助の舞台裏で暗躍し、中国からのキックバックもあったのではないかとも囁かれていました。

百田　これからは、世界がスクラムを組んで、中国を経済的に封じこめないといけない時代になりました。

ＧＤＰ１％の防衛費は少なすぎる

江崎　中国を封じ込めるというよりも、日本が経済的軍事的に強くなることが大事です。「強い日本」こそがアジアに安定をもたらす、という自覚を持ってもらいたいのです。「中国一強」で、日本が弱くてはアジアが不安定になってしまう。そうしたパワー・バランスの歪みを是正しなければいけません。

そのためには、日本が早くデフレから脱却して、経済成長を目指すようになることと、対外関係で言えば、日台関係の強化が必要です。一月には台湾の総統選挙で蔡英文氏が圧勝しました。それに対して日本政府は祝意を伝え、安倍首相が自民党総裁名の親書を託したりもしました。更に、衆参両院の安倍総理の施政方針演説で十四年ぶりに「台湾」という言葉を入れたら、蔡英文氏がこれに対して「実に嬉しいことです」と応えた。これは日本が台湾と連帯する姿勢を示したことになります。

二年前に、蔡英文政権と深い関係のある台湾の軍事専門家が来日し、彼と話す機会がありました。

台湾の軍関係者たちは何を心配しているのか。それは台湾有事だというのです。多くの日本人はピンと来ないでしょうが、その危機は迫っていると。実際に習近平政権は台湾侵攻を念頭に、ハイブリッド戦争を実行するための準備を進めています。今は新型肺炎があって、習近平も台湾には手が回らないでしょうが、この肺炎問題はいずれ終息するでしょう。そうなると再び台湾危機は高まります。

また、彼はこうも言ったのです。

かつて第二次世界大戦が終了した後、「蔣介石総統の要請を受けて、台湾軍を秘密裏に支援するべく旧日本軍の将校（根本博中将）・兵隊たち（白団、パイダン）が来てくれた」「台湾人は今でもその恩を忘れていません。日本はこれからも、（台湾を）助けて欲しい」と。

結局、いざという時に本当に頼りになるのは日本だと、自分たち（台湾の軍事専門家）は思っているとも言われました。そして、日本と台湾の軍事的な絆を築いていくことが、台湾を含めたアジア全体の平和を守ることになると強調していました。そういう話を彼らは私たちに切々と話すのです。

だから、「日本が軍事的にも弱いとアジア情勢が不安定になり、強い日本が戦争のない平和をアジアにもたらす」という考え方に日本はキチンと立つべきだと思います。

百田　私は「虎ノ門ニュース」でも何度も言っていますが、二百年間戦争をしていない永世中立国のスイスに国軍は二十一万人もいます。日本の自衛隊員が二十三万人。ほとんど変わりません。

ところが、日本の人口は約一億二千万人、スイスは八百万人ぐらい。人口はスイスが日本に対して15分の1程度になる。それなのに日本の自衛隊とほぼ変わらないぐらいの軍隊を持っているのです。日本がスイスと同じくらいの率で軍隊を持てば、三百万人規模の自衛隊になります。

スイスに話を戻すと、こんな小国がずっと永世中立国でいるためにどれだけの軍備を保持してきたか。非武装中立ではなく強武装中立だったから、ヒトラーもスイスを攻撃することはできなかったと言われていますね。そんなスイスを日本は少し見習えと言いたい。永世中立国のスイスは、これだけ軍備におカネを投じて国を守る体制を維持している。そういう意思をスイスが持っているのに、日本は周辺で、これだけ軍事的脅威が高まっているにも拘わらず、防衛費はいまだにGDP1%です。それでいいのでしょうか。

江崎　本当にその通りです。北朝鮮の核開発や中国の軍拡など、日本周辺は危機的状況です。

皆さん、意外と知りませんが、北朝鮮の「瀬取り」の取締などを名目にして一昨年から、アメリカ軍、フランス軍、イギリス軍、オーストラリア軍、ニュージーランド軍などが日本周辺海域でパトロールなどをしてくれているのです。それは、それほど日本海や東シナ海が危険だということです。

百田 日本海は日本の庭ですからね。それをヨーロッパやオーストラリア等の人たちが手助けをしてくれている。感謝しなくちゃいけませんが、一番、努力すべきは日本でしょう。

日本周辺を守る第七艦隊の駆逐艦は僅か8隻

江崎 現在、他国の軍隊が自衛隊や海上保安庁と一緒になって日本海を守ってくれている状況を、日本国民は理解することが大事です。この間、アメリカ海軍の幹部が日本にやって来て、台湾海峡に「自由航行作戦」を展開している話をしていました。南シナ海でも、その作戦を遂行中のアメリカ第七艦隊に、何隻の駆逐艦が所属しているかご存知ですか。

百田 非常に少ないんですよね。

江崎 空母、潜水艦、イージス艦など最大七十隻で構成されている第七艦隊ですが、パトロール、特に「航行の自由作戦」も担当している駆逐艦はたった8隻しかありません。この8隻で南シナ海、東シナ海、台湾海峡、日本海、太平洋という広大な海域を守っているのですが、とても手が回らない。この駆逐艦は補給とメンテナンスのために横須賀に寄港するのですが、ほとんど休みがない上に、中国の軍艦と対峙する緊張が続いているため、乗組員たちは本当に疲れ切っているそうです。「台湾海峡を通過する際には、いつ中国のミサイルによって攻撃されるのか、内心、冷や冷やだ」という話も聞いたことがあります。だから、すでに述べたようにトランプ政権は軍艦を増強するための軍拡をしています。それがすぐには出来ないから、英仏、豪州などの軍艦までが日本周辺に来て、一緒に守ってくれているのです。それぐらい今は危機的な状況にあります。

だからアメリカのトランプ政権は、日本も軍拡をして中東の防衛も含めて一緒にやってくれよと言ってきているのです。これはアメリカの悲鳴なのです。

こうした事情があり、安倍政権は今回、中東地域に護衛艦を一隻と哨戒機を中東に派遣したのです。トランプ大統領は日本に圧力をかけて、いいように使おうとしていると勘ぐる人がいますが、そうではないのです。アメリカの悲鳴なのです。それぐらい酷い状況にある中で、何とかして、南シナ海、東シナ海の平和も互いに足りないところを補って守ろうとしているのです。

因みに現在、世界最強と言われているアメリカ海軍のアジア太平洋艦隊は七十隻の軍艦を運用しています。これに対して日本の『防衛白書』によれば、中国海軍は七百五十隻。それに海上民兵部隊の二百隻を加えると約千隻。日本の海上自衛隊の艦船数は掃海艇などを含めた百五隻を加えても、数の上では圧倒的に中国海軍が有利です。

一方、戦闘機数も中国二千八百機に対して在日アメリカ空軍は約三百機、航空自衛隊は四百機。到底、中国に追いついていません。個々の軍艦や戦闘機の能力は米軍の方が上でしょうが、半時の警戒、パトロールとなると、やはり数がものを言うのです。そして数の上で日米両国は中国に比して圧倒的に劣勢なのです。

百田　普通、経済発展を遂げた国というのは国民の福祉厚生をまずは充実させるのは当たり前ですが、中国はそんなものは無視して、経済果実をすべて軍拡に向けてきました。中国国民は十四億人いますがこのうち、十億人は奴隷のような生活を強いられています。GDPの規模は日本より大きくなったものの一人当たりのGDPは中国が約一万ドル、日本は四万ドルで、四倍も格差があります。実は日本人は中国人より数段、豊かな生活をしているのです。

江崎　軍事予算は日本が約五兆円。中国は多分実質四十兆～五十兆円。アメリカは八十兆円です。中国の軍事予算は日本の約十倍と見ていい。

アメリカの軍事予算は八十兆円と断トツですが、アメリカ軍は六方面軍―北方（北米）、中央（中東）、アフリカ、欧州、インド太平洋（アジア太平洋）、南方（中南米）―と六方面あるために、アジア太平洋方面に向けている軍事予算は単純計算をすると、その六分の一に当たる約十三兆円足らずです。日本と合わせても二十兆円弱。中国の半分以下です。

百田　中国は、台湾の選挙で民進党の勝利を見て、本気で台湾を軍事侵攻すると言い出しましたね。

江崎　だから、蔡英文総統は内心では脅威をひしひしと感じているはずです。当選した直後にも、中国は何か報復してくるのではないかと恐れていたくらいです。「中国肺炎」騒動でその動きはストップしているかのように見えますが……。

百田　国民の不満をそらすために、台湾や尖閣になにかちょっかいを出す恐れもありますね。

江崎　そうはさせじと、アメリカ海軍は毎月、駆逐艦を台湾海峡へ派遣して通過させています。それまでは年に一回通過させるかどうか、だったのです。

また、台湾総統選前日の一月十日、トランプ政権は、中国に対抗するため太平洋地域に二つの特別部隊を配置する計画を明らかにしています。

《米陸軍のライアン・マッカーシー長官は10日、太平洋地域で中国に対し情報、電子、サイバー、ミサイル作戦を展開する2つの特別部隊を配備する計画を明らかにした。

部隊の展開は今後2年にわたる見通しだとし、「中国が米国の戦略的脅威として台頭する」ため、米陸軍は太平洋地域でプレゼンスを改めて拡大するとした。

新たな部隊の配備は中国とロシアがすでに備える能力の無効化に寄与する見通し。マッカーシー長官は、部隊が長距離精密誘導兵器や、極超音速ミサイル、精密照準爆撃ミサイル、電子戦力、サイバー攻撃能力を備える可能性があると述べた》（一月十日付ロイター）

だからこそ台湾総統選で再選を決めた翌日12日、蔡総統は米国の対台湾窓口機関、米国在台協会（ＡＩＴ）のクリステンセン台北事務所長（駐台大使に相当）と会談し、「協力を通じて防衛能力を強化し続けたい」とも語り、米側にさらなる武器の売却や軍事技術の供与を要請したわけです。中国の軍拡から台湾の自由と民主主義を守るためには軍事力の裏付けが必要だということです。

口先だけで「台湾を守ろう」と言ったところで何の役にも立ちません。「同情するなら武器をくれ」ということです。

日本は四方面での対応が必要

百田　台湾は、世界保健機関（ＷＨＯ）にも中国の嫌がらせで加盟できないように、国際的には国として認められていませんけど、台湾が国際的に国として認められ、台湾が独立をもし宣言をしたならば中国は軍事侵攻すると言っていますね。

江崎　当面は新型肺炎の影響で中国経済の立て直しに注力せざるを得ないでしょうが、今後なりふり構わずに中国軍は圧力を掛けてくる事が予想されます。

日本は、中国とは台湾と連動した尖閣諸島問題、韓国やロシアとは竹島や北方領土問題、北朝鮮とは拉致、核・ミサイル問題が横たわっています。よって日本はいまや、「尖閣・沖縄」（中国）、「対馬海峡」（中国、ロシア、韓国）、「日本海」（中国、ロシア、韓国、北朝鮮）、「北海道」（ロシア）の四方面での対応が必要とされてきているのです。

戦後、長らく自衛隊は北海道のロシア（ソ連）の脅威に対応してきましたが、中国の台頭とともに尖閣・南西諸島防衛にシフトするようになってきました。ところがいまや対馬海峡と日本海も紛争地域になりつつあるのです。とても現有の自衛隊の兵力では対応できません。

百田　韓国の文在寅大統領が非常に親北で愚かです。彼の対北朝鮮融和政策が加速化していくと、朝鮮半島全体が赤化し「南北統一朝鮮人民共和国」になってしまう。そうすると、日本にとって、共産主義の脅威ラインが、38度線から対馬海峡にまで降りてくる。対馬海峡あたりの危機度がぐんと上がりますね。

江崎　おっしゃる通りです。私が心配しているのが、日本海周辺の海上輸送ルートがかつての李承晩ラインのように軍事的脅威を受けることです。日本海で韓国が嫌がらせを始めるようになったら、日本海の漁業活動や海運ルートはものすごいダメージを受けます。

百田　「中国肺炎」の後遺症（日本が中国に次ぐ危険地域となり観光客を含めた訪日外国人の減少）や、こういった地政学・地経学的な状況の悪化により、日本経済がさらに弱体化してしまったら大変です。経済イコール国力ですからね。

江崎　日本は、今後は「富国強兵」路線を構築しつつ、トランプとも日米同盟関係を強化する。

そしてイギリス、フランス、オーストラリアやインドなどとも連携を強めて北東アジア地域で戦争を起こさせないように軍事的抑止力を高めていくことが肝要です。それなくしてアジアの平和は保たれないと覚悟すべきです。

「たまに撃つ 弾が無いのが 玉に傷」は不変のまま

――最悪の事態を阻止するために自衛隊があるのですが、自衛隊にもさまざまな問題が存在します。たとえば自衛隊のMD（ミサイル防衛）システムは万全ではなく、海上自衛隊の反撃も十数分しかもたないとか言われています。もっと言うと自衛隊基地はもって数日とか。背筋が寒くなります。

江崎　今のままだと、北朝鮮ミサイル攻撃を受けたら日本のミサイルディフェンスシステムは突破される可能性はあるし、守れる範囲は限定されます。

とにもかくにも防衛費が少ないのです。

海上自衛隊イージス艦によるミサイル迎撃が期待されますが、それがダメな場合はPAC-3（パック3）ミサイルが迎撃するという2段階構えになっています。しかし配備総数が全然少ない。防衛費はGDPの1％しかないために迎撃ミサイルが充分でありません。北朝鮮のミサイル攻撃すらまともに対応できない状況です。

もちろん現場の海上自衛隊は優秀ですよ。しかし、例えば、日本の潜水艦が何発、魚雷の発射訓練が出来ているのか。年間、１発だけです。しかも実弾ではなくて訓練弾ですよ。防衛費を増やさないというのは、初歩的な訓練も満足にできないということなのです。こうした実態を知らない日本の、特に与党の政治家たちが、日本の自衛隊をダメにしているのです。官僚たちの建前の意見だけを聞いているから、そんなことになるのです。少しは自分で自衛隊の実態を調べるようにしたらどうかと思いますね。

百田　……ちょっと啞然としましたね。軍人の練度というのは日々訓練して初めて、達成されるわけですが、今の話を聞くと、魚雷の練度はまったくダメですね。

江崎　ですから、「たまに撃つ弾が無いのが玉に傷」。これは自衛隊の人がみんな自嘲気味に言っています。それぐらい予算が貰えていません。もちろん、アメリカとの合同演習の時は実弾演習をさせてもらっています。でも通常の訓練はそのレベルなのです。

百田　確かに世間の人たちは自衛隊のそんな貧困状況を知らないけど、魚雷１発で１億円ぐらいするみたいですね。でも、それは、必要なカネです。

江崎　必要なカネです。だから防衛費を少なくともいまの二倍、ＧＤＰ比２％にしないと話にならない。ＮＡＴＯ諸国も最低そのレベルの防衛費を拠出するように心がけています。

百田　本当は防衛費がＧＤＰ１パーセントという基準はおかしいのです。国を守るためには、これだけ必要という金額がまずあるはずです。ＧＤＰの何パーセントということなら、景気の動静に国防が左右されるということになります。

江崎　もちろん、そうです。ただ、余りにも予算不足に慣れすぎてしまって、いざというときに戦えなくても仕方がないと内心思ってしまっているほど、予算不足が続いてきたことを理解してください。

日本の潜水艦や護衛艦は最新鋭で、自衛官も優秀です。私は自衛隊が弱いと言っているわけではありません。問題は燃料、武器弾薬、そして訓練予算をふんだんに与えてくださ い、という話です。

必要な備蓄がなく、補給も不足していて、いざという時に役に立てないのではないかと、心ある現場の人は本当に苦しんでいます。でも、それを言うと、「自衛官のくせに政府批判をするのか」と言われるので、黙っているだけです。

政治家は、もっと自衛官に「忖度」してもらいたいです。

安倍政権は縦割り行政打破の狼煙を上げる

百田　日本の今後の防衛戦略を練る日本版NSC（国家安全保障会議）の設置も一歩前進でしたね。これも安倍政権の大きな仕事の一つでした。過去形になってしまいますが（苦笑）。

江崎　これは画期的だったと思います。

日本版ＮＳＣが出来たことによって、防衛省は国土交通省、厚生労働省、総務省などさまざまな省庁に協力してもらえようになります。旧来は、防衛省が例えば通信分野などで総務省にお願いしても簡単に協力してくれませんでした。残念ながら防衛省は、防衛庁時代は「三流官庁」と言われており、霞が関では貶《おとし》められてきたのです。

でも、ＮＳＣが出来たことによって官邸主導で安全保障戦略を作ることになりました。防衛省、総務省、厚生労働省、国土交通省など各省が一致団結して日本の国をどのように守ったらいいのか、考える仕組みがようやく出来たのです。第二次安倍政権まで、こういったセンター機関がなかったので、これは画期的だと思います。

百田　これは第一次安倍内閣にやろうとしていたが出来なかった。第二次安倍内閣でこれが創設された。

江崎　日本版ＮＳＣの最近の動きとしてＮＳＣの実行部隊ＮＳＳ（国家安全保障局）局長に警察庁出身の北村滋氏が就任しました。外務省の主導だとなかなか軍事や諜報としてのインテリジェンスなどの話は理解されにくいところがあります。今回、谷内正太郎氏（外務省出身）に代わって二代目として就任した北村滋氏は警察出身でインテリジェンスの専門家です。語学も得意。その方がトップになったことで、世界のインテリジェンスと軍人たちとストレートに連携できるのです。安倍政権としては、外務省を通さずに防衛戦略の話を国際的に進めることが出来るようにトップを変えたわけです。

――事実上、日本のＣＩＡ長官だと見る向きもありますね。

江崎　そうですね。ただＮＳＳは残念ながら八十名規模で、アメリカのＣＩＡのように数万人ものスタッフを抱えているわけではありませんので、出来ることも限られていますが。

前任者の谷内正太郎氏は外務省出身で、アメリカの国務省に近いと言われていました。しかし、トランプ大統領は国務省をあまり信用していません。なぜなら親中派があまりにも多くて、情報が中国にすぐに流れてしまうからです。だから、谷内氏に重要な情報は渡さなかったと言われています。それもあって、トランプ政権は国務長官に元ＣＩＡ長官のポンペオさんを置いて国務省の改革を進めています。

もうひとつ、四月にＮＳＳに経済班を新設しました。中国が何故、あんなに軍拡が出来るのか。それはカネがふんだんにあるからです。ですから通商政策で、チャイナマネーの動きを絞り込んでいく。加えて産業技術を盗む産業スパイを取り締まっていく。この対策を官邸主導でインテリジェンスと連動してやる。さらにトランプ政権と連携して実施するわけです。このためにＮＳＳを改編したと思われます。戦後、70年経ってようやく、こういう組織が出来たわけです。これは第二次安倍政権の大きな成果です。

百田　ただ、残念なのはどうしても国民は――こう言う私もそのひとりですが、危機意識が薄いですね。また、だいぶタイムラグがあって対応が遅れるのです。多くの日本人に、中国は本当に恐ろしい国だという認識がまだないですね。国会議員もそうです。野党の議員は中国に傾斜している。「中国肺炎」対策一つとっても、安倍首相さえ、最低の対応策（全中国人の訪日中止）を果敢に取れなかった。

江崎　中国やＷＨＯの情報に頼りすぎでしたね。

百田　この数年間はギリギリの状態です。日本は崖っぷちを歩き続けるのを余儀なくされている。次章では「危機管理能力」「軍事力」の足りないところを補うために、日本人が「歴史戦争」に負けないための「歴史力」をいかに涵養《かんよう》すべきかを論じていきたいと思います。

第4章

日本人のための「日本の歴史」を取り戻そう

毎朝、ご飯が食べられる奇跡

江崎　若い人には、歴史を知ってほしいとつくづく思います。

私ごとで恐縮ですが、子供が高校2年生の時、百田さんが書いた『永遠の0』（講談社文庫）を読んで感動して「お父さん、命って限りがあるんだね」と言ってきたことがあります。そして「苦労をしているのは自分だけではなく、もっと（自分より）遥かに苦労をしている人がこの世の中にたくさんいるのだ、それが良く分かった」というのです。

百田　そうですか。お子さんがそんなことをおっしゃっていたのですね。嬉しいですね。『永遠の0』は生きることの素晴らしさと、今の若者に日本の過去の歴史を正しくきちんと知ってもらいたいと思い書いた作品です。君たちのお祖父さん世代はどれほど、苦しかったか。その世代が苦難の中、生きてきた時代と比べたら、今の若者は学校に行って勉強でき、しかも毎朝、ご飯が食べられて、明日にも自分が高い確率で死ぬかもしれないなんてことで悩むこともない……。帰宅したら、親がいてくれる。それが大人になり社会人になるまで保証されているわけです。そんなに幸せな事はない。もちろん親が病死したり事故死したりしたら、そうはいかないけど、それなりの保障制度もありますよね。

江崎　自分の将来を、自分の努力で切り開くことができるわけですからね。

百田　戦後、日本は物凄い経済復興・発展を遂げました。敗戦直後の日本は世界の中の最貧国でした。その時、大半のアジア諸国（フィリピン、シンガポール、マレーシア、インドネシア、ベトナム、ビルマなど）はまだ植民地でしたが、その植民地を含めても日本は最貧国だったのです。

当時、日本人の人口は七千万ちょっとです。そのうち最も働き盛りの男たち中心に約三百万人が戦争で亡くなりました。しかも、それまで半世紀かかって築き上げたインフラ、都市は米軍、B29の空襲によってほぼ破壊されてしまった。民家も何十万戸焼かれてしまいました。なおかつ、昭和二十年頃の食料自給率は七割ちょっとの水準でしたので、自国で生産されたコメだけでは、日本国民の約三割近くが飢えて死ぬ可能性もあるという過酷な環境下にあったわけです。

さらに、日本に資源は何もなかった。石油、鉄、銅、ボーキサイトはない。加えて日本は戦後、かなりの戦争賠償金も背負わされて、大きなマイナスからのスタートでした。

ところが、日本はその後、僅か二十年ほどで、西ドイツを抜いてアメリカに次ぐ世界第二位の経済大国になったのです。それを思うと、当時の日本人はどれだけ働いたか。もちろん、日本国民は自分の家族を養うために、一生懸命に働いたのでしょうが、『永遠の0』でも書いたのですが、あの時、一番がむしゃらになって働いたのは、戦争に行って、生き残って帰って来た男たちです。

想像するのに、そういう男たちは働くことに喜びと楽しみを見出していたのではないでしょうか。だって、どれだけ苦労して働いても死ぬ事はないわけですから。働けば働くほど、給与が貰える。戦場では、どれだけ頑張っても、最後には死ぬ（かもしれない）という運命が待ち構えていた。戦死でなくとも餓死、病死する確率も高かった。しかも、戦友がたくさん死んだあとでしょう。自分は運よく生き残って帰ってきた。亡くなった戦友の分もがんばらなくてはと奮起したのではないか。

江崎　戦艦「大和」の乗組員で、『戦艦大和ノ最期』を書いた吉田満さんという人がいます。戦中派の死生観などについて書いている人で、戦後復員して日本銀行に勤めました。

その吉田さんが「自分たちは戦時中、死ぬために頑張ってきた」と。だけど「自分は生き残って戦後の日本で、日本を豊かにするために働くことが出来るようになった。それがどれだけ幸せな事か」という趣旨のことを書いています。

多くの仲間は、国家のために、命を引き換えに頑張った。それに対して自分は今、こうして生きているけど、再び御国のため、家族のために懸命に働いている。それがどれだけ幸せな事かというわけです。その話を読んで戦後生まれの私も深く感銘を受けました。

百田　戦艦大和は約三千人乗艦していて、そのうちの一割、約三百人しか生き残りませんでしたからね。

インドネシアより経済発展した謎

江崎　先の大戦で戦ってくれた方々のおかげという意味では、戦後のアジアとの賠償交渉にも大きな影響を与えました。一九五八年に日本とインドネシアの国交回復交渉がありました。その事前交渉で来日したのが、アルジ・カルタウィタナ国会議長でした。

彼は戦時中、日本軍の協力で結成された「郷土防衛義勇軍（一九四三年十月、日本軍政下におかれたジャワで民族軍として結成された軍組織。日本が敗戦後の一九四五年八月十九日に解散。略称「ＰＥＴＡ、ペタ」）」の大団長を経験していて、それが戦後の対オランダ独立戦争に際して大きな力になったことを知っていた。だから岸信介総理に対してアルジ国会議長は「独立のお祝いというつもりで賠償を払ってください。日本が悪いことをしたから賠償をくれというわけではありません」と述べたというのです。

これも当時、通訳を務めた金子智一さん（インドネシア政府からナラリア勲章を授与されている。故人）から聞いた話ですが、当時のインドネシアの指導者層、特に軍部の中には「独立できたのは、日本軍が軍隊（ＰＥＴＡ）を作ってくれ、しかも日本の敗戦後、多くの日本兵が独立戦争に参加してくれたからだ。むしろ日本に感謝使節団を送るべきではないか」という声もあったそうです。

そうした戦時中の日本軍への感謝とともに、敗戦後の日本が貧しくなって可哀そうだという意見も、賠償金額を少なくしてくれた理由でした。

一ドルが三百六十円だった一九五八年の日イ国交樹立当時、インドネシアも一ドルが三百六十ルピアで通貨の価値が同じで、人口も約一億人と同じだった。しかし国土の広さは日本の五倍、それに日本と違って豊富な石油がある。だからインドネシアのリーダーたちは「日本なんて直ぐに追い抜く」と豪語していたんです。

ところが今や、1ドルが2万ルピーになっている。日本円は1ドル110円前後でしょう。ようするに、日本はインドネシアより遥かに経済的に発展した。

だからインドネシアの政治家や軍人たちから、「日本とインドネシアの人口規模はほぼ同じ。しかし石油資源は圧倒的にインドネシアにはある。そのあと、独立もした。さらに日本は朝鮮、フィリピン、ビルマ（現在のミャンマー）、シンガポール、欧米などいろいろな国に賠償金を支払うことになり、世界中からいじめられた。圧倒的にインドネシアの方が、六十年前は（日本より）大国になるとみんな思っていた。でも、そうならなかった。それはどうしてか」という質問をたびたび受けました。

百田　それは、日本人がひたすら真面目に一生懸命に働いたからですね。

江崎　そうです。インドネシアの陸軍副参謀長で元駐日インドネシア大使だった、サイディマン氏がかつて私にこんなことを語ったことがあります。

「日本はこんなに発展して、何でインドネシアは発展しなかったのか。それは、国のトップに問題がある」と彼は言うのです。

つまり、インドネシアは大統領に就任したスカルノ、スハルトも汚職まみれの指導者でした。国家財政の三割ぐらいを自分や一族のための蓄財や放恣な生活のために私物化していた。それに対して「日本国の象徴である、昭和天皇は、一切贅沢をしなかった」（サイディマン氏）。食事はいつも質素で、皇居で何年も同じスリッパを履いていたという伝説があるぐらい、倹約家でした。

「民のためにおカネを使う指導者のいる国家と、自分のためにおカネをふんだんに浪費していいと思っている指導者がいる国とでは、発展の度合いが違うのは当然だ」というわけです。

百田　日本の敗戦後、昭和天皇がGHQ（連合国軍最高司令官総司令部）司令官マッカーサーに会いに行った時（昭和二十年九月）に、自分の財産目録を持って行きました。「これが、自分の個人的な全財産である」と。それをすべて差し出すから、「これで飢えた国民を救ってほしい」とマッカーサーに頼むのです。

大昔の仁徳天皇の有名な「民のかまど」の話もありますね。天皇が高い山から見渡すと、どの家にも煙が昇っていなかった。民衆が炊事もできないほど貧しいことを知って、今後三年間、課税・労役を全てとりやめることにした。自らは、宮殿の屋根が壊れ雨漏りしても直すこともしなかった。新しい服も着なかったとあります。そして三年が経過して、再び山の上から眺めると、どの家からも煙が立ち上っていた。民は豊かになったと安心しつつも、さらに三年、課税をしなかった。この精神を、昭和天皇も持っていたのです。

江崎　「そういう指導者、つまり昭和天皇がいらっしゃって、真面目に働く国民がいたから戦後日本は発展出来たのではないか」とサイディマン閣下は言われたのです。外から見ると、日本はそう見えるのだと思いました。

「日本人は何者なのか」を考える

百田　私事で申し訳ないのですが『日本国紀』の帯に「私たちは何者なのか――。」という言葉が入っています。それがこの本の一番のテーマだったのです。私たち日本人は一体、何者なのか。多くの日本人は自分たちが何者かを分からずに生きています。つまり、自分という人間は勝手に生まれ育ったという感覚です。それは間違っています。

人は両親から躾、学校で教育などを受けて人格が形成されていきます。具体的に言うと、自分が子どもの頃に生きてきた社会で、親のみならず、近所のおじさん、おばさん、あるいは友人たちにいろいろ教わって今の自分があるのです。では、その社会はどうやって、形成されてきたのか。それは前の世代から受け継いで、作られたものです。

そういう観点からすると、自分を含めて今の日本人の性格や考え方は、日本という歴史が連綿と築き上げてきた中で作り上げられたものと言えます。これを今の日本人は完璧に忘れています。

それをもう一度、思い出してほしいという願いを込めて、『日本国紀』を書いたのです。つまり、自分が今、ここに立っているのは、先人たちのお蔭であると。二千年の歴史が培われた歴史の中で自分が存在しているのだと。

そして、日本には独特で素晴らしい国民性があります。それは日本列島で二千年の間、培って出来てきたものだと思うのです。もちろん文化的、政治的な要素もありますが、国民性を作り上げるうえで、もっとも影響したのが自然環境だと考えます。

毎年のように日本へ台風が上陸するでしょう。台風が上陸しない年はありませんよね。今ではもちろん河川の九九・九パーセントが護岸工事がなされ、なおかつ橋も道路も建物も頑丈に建てられています。それでも大型台風が日本に上陸すると、大災害をもたらすわけです。二年前の台風21号で関西地区が、そして去年の台風19号では千葉県などが大変な被害を受けました。

これが百年前、あるいは四百年前、千年前だったら、もっと大きな被害を受けたはずですね。台風のたびに堤防は崩れて大洪水でしょう。橋も流れるし、木造民家などは吹っ飛びますよね。そんなのが毎年何度も来るわけです。また台風とは別に、10年か20年おきに大地震（安政の大地震など）があり、火山（富士山、浅間山など）噴火もありましたね。

こんな国、ハッキリ言って人が安心して住める国ではないのです。しかも首都である江戸では50年に1回、大火がありました。江戸時代の大火事を調べたことがあったのですが、焼失した民家は物凄い数です。大東亜戦争の東京大空襲並みですよ。そんな大きな火事だけでも4つか5つありました。

こんなふうに古来から日本人は大変な自然災害に遭って来た。しかし、そういう国で育った日本人は過酷な事態に陥っても、泣き言を言わず頑張ろうという気持ちになる。そして立ち直ろうと決意するのです。

もう一つは、被害のあった者同士で、助け合う精神が生まれました。弱いものをいたわり一緒に頑張ろうというわけです。この精神が日本国民の間で強く根付きます。それが第二次世界大戦後の日本で発揮されたのです。未曽有の苦難があったのですが、再び頑張ろうと、国民が力を出し合った結果が今の日本なのです。

江崎　すごい底力だと思います。

百田　ところが昨今の日本は平和になり過ぎた感がありますね。もちろん阪神大震災や東日本大震災などさまざまな逆境に直面し、それとの戦いは被災地では続いているのですが、どうも他人事のように見る空気も醸成されているように思えるのです。それに関連してですが、そういう労働意欲を削《そ》ぐような傾向が近年高まってきていることに違和感を私は覚えるのです。たとえば、安倍政権が打ち出した「働き方改革」というのは、一体、何ですか？

江崎　「働かせない改革」ですからね（苦笑）。ブラック企業をなくすことは必要ですが、それは景気を良くすれば自然と減っていきます。不景気で転職できないから悪質な雇用環境でも我慢しなければならないわけですから。

百田　これが、中東の産油国のように、地面を掘るだけで石油が出るような国だったらいいのですが、日本には天然・鉱物資源などないわけですからね。日本が世界で互角に戦っていくには、人的資源が唯一最大の「資源」。真面目に働くしかないのです。働かないでどうするのですか。日本のこれまでの繁栄は、お父さんや祖父さんが働いて、成し遂げたものです。それを今は「働き方改革」と言って、働くことを抑制しようとしています。これじゃ、日本は衰退していく一方ですね。

江崎　そうです。

百田　私より若い30～40代前後の人と話していると、「あなたたちの時代には高度経済成長があったかもしれないけど、僕ら若い世代はバブルが崩壊し、リーマンショックがあり、就職氷河期もあったし、社会人になってからはずっとデフレ時代で衰退の一方だった」と言います。私はそれを聞くと情けない気持ちになります。「君が立っているところは、ゼロ地点などではない。君たちのお祖父さんたちが死に物狂いで働いてきたことによって、ものすごく高い位置にいるんだよ」と言いたくなります。実際にはそんなことは言いませんけどね。ただ、そういうことも想像できない若者にがっかりはします。終戦直後なんて、仕事がないどころか、雨露をしのぐ家や、明日食べる米さえない人がごまんといたのですから。

江崎　デフレがもたらした悪影響は本当に深刻だと思いますが、その一方で百田先生の『永遠の0』を読んでもらいたいと思います。命には限りがあり、自分たちより苦労をしてきた人たちがたくさんいた。それを知っただけで、受験とかを含めて人生に対する取り組み方がまったく違ってくると思います。

百田　本当に日本が豊かになって、そこそこ老後も含めて平穏に暮らせるようになったのは、この半世紀ぐらいですね。それ以前は、戦争でいつ死ぬか分からない状況でした。飢饉もあった。東北地方では大凶作でコメもなくて、何万人も餓死者が出て雑草まで食べた時代もありました。いまは不足しているのはマスクだけ（苦笑）。

江崎　私は九州出身の人間ですからよく知っていますが、戦前、長崎や熊本などから「からゆきさん」と言って、食べていけなくなると女の人は身売りとメイドを兼ねて海外へ出稼ぎに行っていた。エリートクラスでも、一旗揚げようと、アメリカやブラジル、満洲・朝鮮に働きに行っていた。

　これから日本人はまた海外に出稼ぎに行く時代が来るかも知れないと思っています。「そんな事はないよ」という方もいますが、先の事は分かりません。戦前の日本では、食べられなくなった人がアメリカのハワイ、ブラジル、満洲に出稼ぎに行っていたわけですから。

たかだか百年前はそうだった。「戦前への逆戻り」云々を声高に語り、日本の中流社会が崩壊しつつあるというのなら、そういう「海外への出稼ぎの時代」がまた来るかもしれないということを考えておくことも必要ですよ。

いまは、フィリピンやインドネシアから介護をするために出稼ぎにくる方が少なくありませんが、これも日本がまだ世界三位の経済大国だからこそです。真面目に働いてきた「遺産」を食いつぶしたら、そういう外国人労働者を雇うお金もなくなる。そうならないためにも、政府にきちんとしたマクロ経済を実施してもらうとともに、個々人はやはり真面目に働くしかない。それなのに一部の極端なブラック企業がきっかけとなって「働き過ぎは許さない」という法律が出来てしまった。しかもデフレから脱却してもいないのに、消費税を二回も上げて、景気を悪くしてしまっている。

政府・日本銀行の経済・金融政策が迷走したまま、日本人がきちんと働かなくなったら日本は衰退する一方です。そうなれば将来、日本はきっと酷い目にあうことになります。そうならないようにマクロ経済の重要性などについて訴えているのですが、力不足が悔しい限りです。

「アホ」でも「オッケー」のAO入試は国を滅ぼす

――若者と言えば、日本では受験戦争があります。本当の戦争は大東亜戦争を見てもわかるように嫌でも行かないといけません。しかし、受験戦争は受けたくなければ、受けなくていい。それに本当の戦争は死ぬこともあるけど、受験戦争では不合格になっても死にません。ただノイローゼや、極端な話、精神的な病気になるかもしれませんが。それはある意味、個人の責任です。しかし、世の中では「受験戦争」もよくないものだとして、受験戦争から子どもを解放しなくてはいけないという論理から最近AO（アドミッションズ・オフィス）入試が注目されています。学力試験をしないで、自己推薦などで合否判定をするというもの。

百田　AO入試は問題がありますね。受験勉強というのは極端な話、意味のないことをしているのです。中学で習う数学の三角関数でｓｉｎ（サイン）、ｃｏｓ（コサイン）、ｔａｎ（タンジェント）は普通の人は一生、使いません。私は三角関数を、生まれてこのかた64年の人生で、1回だけ使ったことがありました。20年前に家を建てた時です。地下室にオーディオルームを作りたくて、若干、壁に角度をつけたかったのです。何度つけるのか。対面壁の長さをどうすればいいのかを、求めるのに三角関数表を見て、それで地下室を作った記憶があります。三角関数表を見たのは生まれて初めてでしたが、役立ちました（笑）。

でも普通の人はまず、三角関数表は使わないでしょう。ましてや「ラザフォードの原子模型（アーネスト・ラザフォードが提唱した原始の内部構造に関する原子模型）」や、元素記号の周期表とか、そんなものは絶対に生きていくうえで必要ありません。

それでは、何のために学生は、そんなに必要ない、使わない法則を一生懸命に理解して、覚えないといけないのか。もちろん、将来、理系の学者や理系分野の職業に就く人は知っておかないといけない。ですから、そういう分野に進みたい人は、いろいろな難しい理科関連の法則を理解しておく必要がある。

逆にエンジニアや科学者を目指そうとする人たちにとっては古文や漢文はあまり意味ないことになります。実際、学者になるのはごく一部で、大半の学生は普通のサラリーマンや主婦になります。なのに、なぜそんな広範な学問をやるのか？

その答えの一つは、「人間というのは、しんどいけど、やらなければいけない時はやる」ということを学ぶことだと思います。好きなことだけする、嫌なことやしんどいことはやらない、ということでは人間社会は成り立ちません。つまり学校教育における勉強というのは、単に知識を蓄えるということだけではなく、しんどくてもやる勤勉さを身に付けるということもあると思っています。嫌いな勉強でも頑張るということは、自分を鍛えるということにつながります。一流大学の入学試験を突破した若者は、そういう試練を乗り越えてきた人間とも言えます。だから多くの企業が欲しがるのです。

ところが、ＡＯ入試はいろんなものがあるにせよ、自分の好きなこと（一芸）だけをやってそれを大学が評価して入学させるものが増えている。好きなことなら誰でもできます。そこには、なんの苦労もありません。たとえばルービックキューブがうまいからＡＯ入試で大学に入れる——それって何かおかしくありませんか。

好きなことだけをやっている人は将来、社会人となって働こうとしても、極端なことしか出来ません。だってそうでしょう、その人間はこれまで、嫌なことをやってこなかったわけですから。大学を仮に卒業して、好きなことだけをやっていては、普通の会社で働こうとしてもうまく行きません。それで、入社してもすぐに辞める。必然ですね。

江崎　好きな事だけをやって社会に出て通用する人はごくごく一部の人だけですよね。それに好きなことで食っていくためには、それこそ死に物狂いの努力が必要ですし。

百田　特殊な技能と才能で成功するというのは、五輪に出てメダリストになれるようなアスリートとか、プロ野球の選手とか、ミュージシャンとか、タレントとかですね。しかし、音楽が好きだからと言って、みながプロのミュージシャンになれるわけではないです。よく、この手の成功者の体験談をマスコミが取り上げます。その成功者が子どもや若者たちに「僕は好きなことだけをやって成功しました。だから、君たちも好きなことをやれ」というのです。アホか。いやなことをしんどいけど、やれるようになる。それで、人間は鍛えられるのだということを見落としてはいけない。精神的に鍛えられていない人間は、責任のある仕事には就けません。我慢の苦手な人を、信用して仕事を任せるわけには行かないからです。

――夏目漱石も「道楽と職業」という講演会で、「職業」とは人のために行うものであり、「道楽」とは自分のやりたい、好きな事をやることだと説いています。自分にとって好きな事というのは「道楽」に過ぎず「職業」ではないとハッキリ言っていました。

百田　そうです。仕事と好きなこととは別ですから。そんな、当たり前のことを今の若い人は分からない。好きなことだけをやる。だから実際に仕事に行くと、自分の好きなことと違うからという理由で会社をすぐに辞めてしまう。（仕事は）遊びでないのです。だから、仕事をすれば金がもらえて、好きなことをやろうとすれば金を払うのが普通。

江崎　民主党政権時代に私は、厚生労働省の役人と政策議論をいろいろとしました。そこで話題になったことの一つが、大学卒業者の会社定職率の低さでした。百人が大学に入ったとして、大学を卒業するのはだいたい八十人、それで実際、就職するのが六十人、これは民主党政権で景気が悪い時です。そして会社に入って、三年後にその会社にいる確率は四十人以下。

民主党政権下で景気・就職率が悪く、ブラック企業が多かったという問題もあるでしょうが、それを割り引いても、若い人が「自分には合わない」と言って就職した会社を簡単に辞めてしまう傾向が高まっています。その深刻な問題は、アベノミクスで景気が回復基調にある最近も続いている。正規社員で折角、入社してもドロップアウト予備軍になっていっている現状をどうしたらいいのか。

その主な原因は「石の上にも三年」という諺にあるように、人生は厳しいものだという基本的な人生観を、われわれ大人の側が若者に教えてこなかったからではないか。

維新の志士、吉田松陰先生は「万巻《まんがん》の書を読むに非《あら》ざるよりは、寧《いずく》んぞ千秋《せんしゅう》の人たるを得《え》ん」、一万冊の本を読むこともせずしてどうして歴史に名を遺すような人物になることができようかと、松下村塾に集まった弟子たちに教え諭《さと》していました。

水面下での必死の努力を見せずに、一部の成功者だけをもてはやすマスコミは、若者を悪い方向というか、幻想の世界に誘導しているとしか思えてなりません。

百田　だめですね。

江崎　だから、近現代史、特に戦争の歴史を学ぶことで、過酷な状況の中でどうやって生き抜いてきたのかを学ぶ、あるいは知ることも必要だと思います。

百田　そうです。日本の歴史の中で、生きることが当たり前のようになったのは、本当にこの最近の話です。何も明治や江戸の昔までさかのぼる必要はありません。お祖父さんが生きていた七十年前の時代を想像すれば、簡単にわかります。

昔を振り返るのが難しいのなら、現在の世界をちょっと見渡してもわかります。殺戮が繰り返される国、多くの市民が飢え、病気になっても病院に行けない国。そんな国家が至る所にあります。今日、明日のメシが食べられる。おそらく一カ月後も食事ができる、そんな人は、全世界に人口八十億人のうち、二十億人いるかいないかです。

たとえば、日本はワーキングプア（貧困層、生活保護以下の収入で暮らす人々）と言って、仕事がなく悲惨な状況で、ネットカフェでずっと暮らしている若者がいると新聞は書きます。発展途上国の若者に、日本の貧困な若者はネットカフェで生活していると教えたら、みんなビックリしますよ。日本というのは、仕事がなくても、ネットカフェで毎日、マンガを観ながら暮らせるのかと。貧困のレベルがまるで違うのです。

江崎　マクロ経済で経済環境を立て直すことは重要ですが、同時に這い上がるチャンスがあるのにそれを教えないというのも問題ですよね。

百田　日本は豊かになり過ぎたのかも知れませんね。ほんとに今の若い人は働きませんからね。引きこもり、ニートが多い。

――引きこもっても、食べていける環境下にあるから、引き込める。その分、親が一生懸命、働いています。

百田　最近「８０５０」問題があります。引きこもりの第一世代が50歳を迎え、その親が80歳代になります。その親が死んだら、引きこもりの子どもは終わりですよね。どうするのでしょうか。呆れたことに親が死んだことを隠して親の年金を不正取得する輩もいます。

江崎　引きこもりは約七十万人いると言われています。世帯数で見たら七十万世帯ですから相当な数です。80歳の親が、50歳を迎えるような子どもをどうしたらいいのか分からない。親は途方に暮れている。

百田　引きこもりはケースバイケースの要因があるわけですから、一概に言えませんが、引きこもりの第一世代と言われている五十代の引きこもりを、私は身近に何人か見ています。友人の家族に何人かいました。当時は「引きこもりって何?」という時代でしたが、話を聞いてみると、そういう子供たちは皆、「いい子」でした。親にとって自慢の息子なのです。引きこもりには男が多いのですが、彼らは小学、中学生のころは成績もよく、親からすると自慢の息子だったケースが多いとよく聞きます。

江崎　去年、元農水省の幹部が、そんな引きこもりになった息子を刺殺した事件がありましたね。

百田　たぶん、その子も中学生のころまでは、いい子だったと思います。ただ、今の引きこもりは、そういうケースだけでなく、いろんなケースがあるような気もしますが。

江崎　昔、世界はどれだけシビアな状況にあったのか。その中でいかにして我々は生きてきたのか、そういう事をドラマにして教えていくことも大切でしょう。

かつてのNHKドラマの「おしん」(戦中と戦後の混乱期を逞しく生きた女性の一代記)もそうだし、東郷平八郎とか、秋山真之、福沢諭吉、西郷隆盛などといった偉人伝をたくさん読んでほしいと思います。本が苦手なら、たとえば「母をたずねて三千里」（エドモンド・デ・アミーチスの『クオーレ』を原作としたアニメ。一八八二年のブエノス・アイレスに出稼ぎに行ったまま、音信不通になった母を訪ねて主人公の子どもがイタリアからアルゼンチンへと渡る物語）などのようなアニメ物語でもいいです。

兎に角、人は過去どんなに苦労をして生きてきたのか、それが現代の私たちの豊かな生活につながっていることを分かってもらいたい。客観的に自分より苦労をしている人の物語を知って、今を力強く生きてほしいとつくづく思います。

だから、百田さんのように小説を通じてあの悲惨な戦争を描き、それをしっかり若者に伝える。そして、当時の日本人がどれだけ苦労をしていたかを分かってもらう。それが本当に今の若者に必要です。

私は若い時に山本周五郎（歴史小説家、『樅《もみ》ノ木は残った』などが代表作）とかを読んで、励まされました。本を読む習慣があると、人生が違って見えてきます。今の若い人は、そういう機会に恵まれていないような気がします。

百田　欧米には聖書がありますからね。日本にはそういう世代にわたって伝わる寓話がないのです。

江崎　昔は『忠臣蔵』や、『太平記』（後醍醐天皇の即位から足利義詮将軍の死去と細川頼之の管領就任までを描いた歴史物語）だってあった。徳川家康の伝記も苦労談としてのイメージを持っていました。

百田　そういう物語が今の日本ではなくなってしまいましたね。

――『論語』もありますが、漢文の授業もなくなってきているようですね。

自虐史観を捨て誇りと自信を取り戻せ

江崎　日本民族としての誇りを持つためにも歴史教育は大事です。そもそも、この地球上に日本民族がなければ、いまだに植民地が残り、人種差別が横行しているひどい世界だったと思いますよ。

百田　おっしゃる通りです。日本という存在が実は、世界を変えたのです。ただ、そのことを日本人が知らない。自覚していないのです。たとえば今この時代、人種差別は絶対駄目だというのは世界の常識です。しかし百年前はそんな常識はどこにもありませんでした。人種差別は認められないと、世界で最初に堂々と口にしたのは日本です。一九一九年一月、第一次世界大戦後に開かれたパリ講和会議の国際連盟委員会において、日本が「国際連盟規約」に人種差別撤廃を明記するように提案をしたのです。つまり国際連盟を作るときに初めて日本人が肌の色による人種の差別は止めようと、世界に訴えた。そんな事を言い出した国家、国民は過去のどこにもなかったのです。これは、日本が誇るべきことだと思います。

江崎　なおかつ、その時に凄かったのは、日本は明治維新になって、大日本国憲法を作って議会制民主主義を運用し、法の下の平等を謳った。そして司法の独立を成り立たせ、当時の先進国であるイギリスのいう文明を白人ではなくても運用できるのだという事を日本は見事にやって見せたのです。しかも富国強兵で経済的に発展し、軍事的にも強くなった。経済的に強くなっていく中で白人文明も使いこなす、その実力を背景に人種平等を提案したわけですから凄い事です。

『日本国紀』を初め、『永遠の0』、『海賊とよばれた男』、いずれの作品も当事者意識を持って日本の命運を切り拓いた人たちが過去いたことを思い返させてくれます。だから、この物語をもっとたくさんの人に読んでもらい、自信と誇りを取り戻してほしいのです。

自分たちの歴史をキチンと取り戻していかないと、「日本が何をやっても結局、一緒じゃないか」とか、「どうせ、自分が動いてもたいしたことは出来ない」と自らを否定して、日本人自身が自分を貶《おとし》めることになります。自分たちの影響力の凄さというものを理解できなくなってしまう。

無名の日本人が世界の歴史を動かす事をやってきました。現実にそうした人物がいたのです。こうした偉人を思い返すことは今、日本の政治を立て直すためには、大切なことだと思っており、本当に意義のあることです。これは日本人として根幹にかかわる問題です。

学力の問題ではありません。日本人としての自覚の問題として、物凄く大きなことです。

――しかし、そうした「日本人の正しい歴史」を提唱していた「新しい歴史教科書をつくる会」が主導していた自由社の「新しい歴史教科書」が「一発不合格」になりました。文科省の教科書調査官はまるで朝日新聞の論説委員みたいで「中華人民共和国」に関して「共産党政権」と書いたら、これは「連合政権」だと物言いをつけたりして不合格にしたようです。

百田　国民民主党の原口一博議員がツイートで似たようなことも発信していたね。

「中国も民主主義国家です。一党独裁ではないかとの私の問いに共産党一党独裁ではない、他にた6《ママ》あると答えてくれました。彼らにも人権を守る姿勢があります。それを貫いてくれる事を期待しているのです。私と共に中国の友人と話されませんか?」

江崎　東欧諸国にもあった共産党の従属下にある「衛星政党」は建国以来、中国にも存在していますが、こんなの「連合」でも「連立」でもありません。中国は紛れもなく一党独裁国家ですから。

百田　文科省の見解は完全に間違っています。家永三郎氏の『検定不合格日本史』が市販されていたので読みましたが、ひどいものでした（笑）。昭和三十二年当時の検定は、あれを不合格にするくらいの見識はあったのですね。

日露戦争は人類のエポックメーキング

百田　考えてみると19世紀後半から20世紀にかけては大事件がたくさん、起こりました。過去百数十年を振り返ると、大きな事件として脚光を浴びていませんが、日露戦争は、世界史におけるエポックメーキング（新時代を切り開くもの）だったのです。それまで、有色人種は白人に打ち勝ったことがありませんでした。一度たりとも。ロシアは当時、ナポレオンですら勝てなかった国でしたが、日本はそのロシアを打ち破ったのです。当時、有色人種の独立国家は二つ、三つあるかないか。それ以外の有色人種の国はすべて白人国家の植民地です。

江崎　日本以外には、タイとエチオピアぐらいのものです。

百田　タイは、英仏植民地（ビルマ・ベトナム）の緩衝地帯として「独立」を辛うじて維持していただけで、自主的な力で独立を勝ち取ったものではありません。

ともあれ、日本が日露戦争で勝ったことにより、有色人種に与えた自信というのは物凄かった。その意味で、大事件だったのです。オランダ、フランス、イギリス、アメリカが一時期、東南アジアのほぼ全地域を植民地化して支配していました。しかし、第二次世界大戦で、日本が少なくとも戦争初期の段階でアジア地域において白人たちを駆逐した。それによって戦後、自信を持ったアジアの国々が次々と独立できました。結果としてそうなったという事実を多くの日本人は知るべきでしょう。

江崎　一九九四年にインドネシアの首都ジャカルタに行った時のことです。副首相兼宗教大臣だったアラムシャ閣下と話をしていたら、日露戦争が話題になりました。日露戦争当時、インドネシアはオランダの植民地でした。

「子どもだった自分は、日本艦隊がロシア艦隊を日本海で破ったというニュースをラジオで聞いて、すごい衝撃を受けた」と。そして「自分たちは白人に勝てるのだと強く思った」というのです。アラムシャ氏はその思いがあったので、戦時中に創設された「郷土防衛義勇軍」に真っ先に応募し入隊し、「ペタ」で頭角を現してインドネシアが独立した後に、インドネシア軍の大将に就任したのです。アラムシャ閣下が言っていたのは、「日露戦争での日本の勝利が、自分たちにどれだけの勇気と自信を与えてくれた事か」。日本に感謝していました。

あと余談ですが、アラムシャ閣下は「インドネシアに侵攻してきた日本軍が、みんな背が低かったので、ビックリした」そうです。オランダ軍兵士は身長一九〇センチぐらいあって、デカい。「そのオランダ兵を日本兵が見事に駆逐したのでさらに驚いた」と。最初、「鬼のようなオランダ軍をやっつけたので、日本人はさぞかし残虐で恐ろしい兵隊たちと思っていたら、みんな人のいいおじさんたちだった。ニコニコしていて、優しくて、何でこの人たちがオランダ軍と戦って勝てるのか、不思議だった」というわけです。

彼が、インドネシアが独立した後に一生懸命、研究したのが日本の武士道でした。武士道に関する本も書いています。何で、あんなにニコニコした優しい日本人があれだけ偉大なことが出来たのか。その疑問に対する答えが武士道だったのです。

そのアラムシャ閣下は、オイルショック（原油の供給不安と原油価格の高騰で、世界経済に深刻なダメージを与えた。一九七三年の第1次オイルショックと一九七九年の第2次オイルショックの二回起きた）にも関係してきます。第1次オイルショックの時、日本は中東諸国から石油を一時売ってもらえなくなり大変でした。それで、狂乱物価になって、トイレットペーパー不足騒動やらも起こり大混乱になった。

その時、田中角栄政権で通産大臣だったのが中曽根康弘さんでした。その中曽根氏の密使として藤尾正行（労働大臣、自民党政調会長）さんがサウジアラビアに行って、裏交渉でサウジの王様に石油を売ってくれと頼むのです。その仲介をしてくれたのが、イスラム世界の指導者でもあったアラムシャ閣下でした。当時、スハルト大統領（インドネシアの第二代大統領）の補佐官でした。

それで、日本は中東から石油をまた輸入できるようになって、アラムシャ閣下は日本政府から勲一等を授与されました。私は後日、アラムシャ閣下に「何で仲介役を引受けてくれたのですか」と尋ねました。そうしたら「日露戦争と大東亜戦争のお礼だ」と言われたのを覚えています。それぐらい世界の中で日本が果たした役割は大きかったのです。

百田　しかし、今では、その遺産はかなり食い潰しましたね。

江崎　そもそも日本人はその遺産を知らなくなってしまった。しかし、『永遠の0』を読んで、大東亜戦争をもう一度、見つめ直した若い人たちが出てくると信じています。その遺産をもう一度、自覚して継承しないといけない。

同じような話がもう一つあります。ASEAN（東南アジア諸国連合）創設の功績で国連ハマーショルド賞を受賞したガザリー・シャフェー元マレーシア外務大臣と、一九九四年に東京でお会いしました。

私は「これから、アジアはどうなってきますか」とお聞きしたのです。そうしたら、今でも忘れません。ガザリー元外相は「それは、私たちが聞きたい」というのです。「アジアが今後、どうなっていくのかは、日本がどうするかで、決まっていくのであって、我々が決められるものではない」と言われたのです。「日本がアメリカや中国に対して、どのような姿勢で臨み、アジアを発展させていくのかで、アジアの未来が決定される。だから、あなた方がどうするのかを聞きたいのだ」と逆に聞かれてしまったのです。

そのように思ってくれているアジアの政治家が今もいっぱいいると思うのですが、日本側は分かっていないですね。日本は香港の問題でも、台湾の問題でも当事者能力を発揮していない。

百田　自分たちの影響力の強さを、日本人は知らなさすぎます。いや、忘れてしまったと言えるでしょうか。日本人は大東亜戦争に負けてから、完全に自信を失ってしまいました。自分たちの住んでいる日本はダメな国であり、ダメな国民であるという意識が強すぎます。占領軍の洗脳教育もあって、自虐思想が完全に根付きました。最近はそうでもなくなってきましたが、私は若い頃、テレビ番組を作っていましたが、そのテレビ番組の中に、日本に来た外国人が「日本人のここがヘンだよ」という内容の番組が多かった。外国人が日本人の欠点をドンドン指摘する番組を日本人が喜んで観ているわけです。

――最近、日本人のここが素晴らしいという番組もありますね（笑）。

百田　ようやくね。一時期は日本の悪口をこれでもか、これでもかと、いうぐらいに多かった。本来、誇るべき事でも、悪口として言っていましたからね。

――日露戦争は侵略でいけない戦争だったと教えている学校があると聞きます。

百田　そうですか。何がいけなかったのですか。ロシアに対して勝ったのがいけなかったのですかね。

江崎　いや、そもそも戦争をすべきじゃなかった、みたいなことを言っているのでしょう。しかし日露戦争で戦っていなければ今頃、ロシアに占領されて日本は「ソ連国（ロシア国）サハリン州」の隣にある「ヤポンスキー州」になっていたでしょうね。そして日本人は日本語を捨てさせられてロシア語を喋らされていたでしょうね。

百田　日露戦争で日本が勝ったから今の日本があるわけで、それがいけなかった？　もう本当に訳がわからないですね。

江崎　ですから歴史を語り継ぐことがいかに大事か。学者が事実と先行研究を踏まえて歴史を研究することは大切ですが、同時に百田さんのように小説や物語を書くという事も大切なのです。『日本国紀』に対して、歴史学者がいろいろと批判してきましたが、ドラマとしての歴史を取り戻そうとする百田さんの試みは本当に重要です。

第5章

インテリジェンスなき日本でいいのか

日本人はインテリジェンスが苦手か

江崎　日本人自身が、日本民族の偉大さを見失ってしまったことはかなり深刻です。

そこで思い出すのは昨年、インテリジェンス（諜報活動）に関心のある学者や外務省、防衛省のOBたちに呼ばれて講演をした時です。対外インテリジェンスの重要性について説明をしていると、「日本人はもともとインテリジェンスを得意としていないのではないか」と出席されたメンバーが私に反問するのです。

そこで私は「みなさん、申し訳ないですが、日露戦争で活躍した明石元二郎（軍人、最終階級は陸軍大将。ロシア革命派に資金をわたし、ロシア国内の錯乱を謀った）さんとか、第二次世界大戦で日本に貴重な情報をもたらした小野寺信（軍人、最終階級は陸軍少将。ヤルタ会談において密約があり、ドイツ降伏後の三カ月内にソ連が日ソ中立条約を破棄して対日参戦するとの最高機密情報を日本に打電している）さんや、杉原千畝《ちうね》（外交官、多くのユダヤ避難民を救った）さんの話、さらには台湾の独立に関わった根本博（日本陸軍中将及び中華民国の陸軍軍人）さんをご存じですよね」と言いました。

そうしたら「あっ、そうだった。でも、そういう人は特別で普通の日本人は（インテリジェンスに）あわない」というわけです。「あう、あわないじゃなくて過去にこういう立派な先輩がいたことを重視すべきではないですか」と反駁しました。

さらに「スパイ防止法が日本で一向に成立しないのも、やはり（日本は）インテリジェンスに向いていないからだ」とか言っていましたね。私は「いや、違います」と。歴史的に見て日本はインテリジェンスに優れた実績を残しているのです。

そもそも、日本が外事警察を作ったのは、アメリカのFBI創設より早い一八九九年（明治三十二年）です。日清戦争直後のことです（内閣安全保障局長に就任した北村滋氏の論文「外事警察史素描」『講座警察法第三巻』立花書房、参照）。

一方、FBI設立は一九〇八年。日露戦争後なのです。

百田　FBIが創設されたのは一九三五年ではなかったですか。

江崎　FBIの前身機関にあたる司法省直結の捜査機関が創設されたのが一九〇八年七月で、その後一九三五年にFBIに改称されたのです。

情報を軽視したトップの責任

百田　なるほど。ただ、日本は第二次大戦当時からすでにインテリジェンスに対する感覚が鈍ってきていましたよね。情報に対する認識の劣化が始まっていたともいえます。

江崎　そうですが、現場の優秀さは基本的に変わっていないと思います。問題はトップが現場からの情報をどう使うか、です。

残念ながら第二次世界大戦の時、指導者の情報に対する意識は大変、劣化していました。小野寺信さんとか、杉原千畝さんが日本政府の中枢に重要情報を入れても、それを無視したからです。

でも、日露戦争の時は明石元二郎がそうだし、ルーズベルト大統領と学友で、アメリカで世論工作を担っていた金子堅太郎（明治期の官僚、政治家。枢密院顧問を歴任した。ハーバード大学ロースクールで法律学を学ぶ）も情報戦で活躍していました。

金子堅太郎は伊藤博文のもと憲法起草に参画し、大日本帝国憲法を作った人でした。いずれにしても、この金子堅太郎が日露戦争の際、アメリカの世論と大統領に対する工作をやり、同時に児玉源太郎（のちの陸軍大将）が、ヨーロッパに明石元次郎を送り込みロシア帝政の背後での破壊・分断工作をやらせたわけです。政府と軍が一丸となって情報工作に取り組み、戦争に勝つためには軍事力と並んでインテリジェンスの力が大事だということを日露戦争の時は軍中枢もちゃんと理解していました。

逆に大東亜戦争になるといくら現場が情報を取って来ても、政府と軍の中枢が握りつぶしています。その落差が大きいと思います。政治家と軍の指導者たちのインテリジェンスに関する感覚・認識の劣化が問題であったのであって、インテリジェンス活動自体はかなり優秀であったと思います。

アメリカの卓越した偽装工作

百田 第二次世界大戦でいうと、日本はいろいろな面でアメリカやイギリスに劣っていたのです。情報戦の在り方に関して言うと、日本と英米とでは大きな開きがありました。たとえば暗号解読にしても、英米は凄い。

江崎 いや、実は日本軍も相当なものでした。日本は戦争に負けたので、情報戦もまったくダメだったと思い込んでいるのですが、英米と比較しても決して劣っていたわけではない。暗号解読などけっこうやっていたのです。

作家の阿川弘之さんは、戦時中、海軍少尉として暗号解読の業務についていたのは有名な話です。そうやって、地道に暗号を解読したのに、解読した情報を活かすことを上層部が出来なかったのです。その理由は政治家や軍の指導者が、端的に言うならば〝バカ〟だったからだと思います。「作戦重視、情報軽視」「長期的視野の欠如」「セクショナリズム」に陥っていた。これは戦後の官僚政治家たちにもいえることです。現場はそれなりの実力は持っていました。そのあたりの経緯は、小谷賢氏の『日本軍のインテリジェンス なぜ情報が活かされないのか』（講談社）でも詳述されています。

百田 なるほど。私も、アメリカの暗号解読に関して、調べたことがあるのですが、当時、コンピュータがないので、人海戦術で解読をする。女性を何百人、いや何千人も集めてひたすら、敵国の暗号のパターンを追求しそれをやり続けた。そして日本軍の暗号の解読に成功するのですが、そうしたら今度は解読したことを見破られないような工作をします。わざと解読した情報を前線に教えなかったこともありました。それってすごいことだと思います。

——ドイツ軍の暗号解読に関しては、シーバッグ＝モンティフィオーリヒューの『エニグマ・コード　史上最大の暗号戦』（中央公論新社）やマイケル・パターソンの『エニグマ・コードを解読せよ』（原書房）などで実態をかいま見ることができますね。わざと教えなかったというのは、有名なのはコベントリーの逸話。ドイツ空軍が英国のコベントリーを空爆するのを解読して知っていたにもかかわらず、その解読の事実を悟られないためにあえて空爆させたという話を聞いたことがあります。これにはナイジェル・ウエストの『スパイ伝説　出来すぎた証言』（原書房）のような反論もあったようですが……。

百田　アメリカもそういう偽装工作はよくやっていました。たとえば、日本海軍の山本五十六が昭和18年4月18日、ラバウル基地から一式陸攻に乗って何機かの護衛機を付けて、前線基地の視察に向かっていました。それがアメリカ軍に暗号解読されてあらかじめやってくることが分かって、ブーゲンビル島上空付近でアメリカ軍機の奇襲襲撃を受け、撃ち落とされた。つまりピンポイントでアメリカ戦闘機は待ち伏せしていたわけです。当然、日本側は山本機の飛行情報が暗号解読によって漏れていたのではないかと疑う。そうはさせまいと、アメリカ軍はしばらくの間，山本機が飛んだ同じ空域に、同じ時間帯に戦闘機を飛ばすのです。日本軍に、たまたま敵の戦闘機に出くわせたと思わせたわけです。

江崎　アメリカの偽装工作はたいしたものです。

ミッドウェー海戦で日本海軍の動きは読まれていた

百田　それから、ミッドウェー海戦（一九四二年六月。ミッドウェー島付近で日本海軍とアメリカ軍が戦闘を交えた。日本海軍は空母四隻が撃沈された）の時も、アメリカ軍は日本海軍の暗号をかなり解読していました。

ただ、「地名」を解読できなかった。ミッドウェーについては「ＡＦ」という暗号を日本軍は使っていました。この「ＡＦ」というのがアメリカ軍はどこか分からなかった。しかし、大掛かりな作戦を日本海軍が近く実行しようとしているのは予測がついた。そこで、「ＡＦ」はどこの場所を指すのか、それを解くために、わざとニセ電報を多くの基地から発信させます。そのひとつに、ミッドウェー島の基地から「ミッドウェー基地で海水濾過装置が壊れてしまい、水が足らない。飲料水を送れ」というものがありました。そうしたら、日本軍が発信した電報の中に「ＡＦ は水が足らないようだ」というのがあったのです。それで、アメリカ軍は「ＡＦ」が「ミッドウェー」であることを掴み、ミッドウェーで待ち構えることができたのです。これでは、いくらそのとき、日本の海軍力がアメリカより優勢だったとしても、大人と子どもが喧嘩しているような感じです。

江崎　そうですね。現場からの情報を使って、効果的に隠蔽工作や情報を活かす点については、アメリカ軍は優れていて、日本軍はその点、劣っていたのは事実です。

米国は日本民族を徹底調査、日本は英語使いを一兵卒扱い

百田　あと、アメリカは戦争突入前まで日本人が一体、どういう民族か、特に調査もせず無視していました。ところが、戦争が始まって、あまりにも日本軍の戦闘ぶりが凄いので、慌てて「戦時情報局」が調査に乗り出したのです。日本民族を徹底的に調べ、こういう事態になると、日本人はどのような行動を取るのか。また、何を考えるのか。ありとあらゆる研究をしました。ベネディクトの『菊と刀』もそこから生まれました。ドナルド・キーンさんも軍の日本語学校で戦時中勉強して情報士官になった人です。逆に、日本はアメリカ民族の研究についてまったくしませんでした。学校での英語使用を禁止したりした。これは大きな違いです。アメリカ人は個人主義でマイホーム主義者だから、戦争になれば、皆、逃げるだろうというのが、軍の上層部のアメリカ人像でした。大和魂を持っている日本の

兵隊とは比べものにならないという認識でした。これでは話になりません。

江崎 さらに、アメリカのルーズベルト政権は日本語の分かる留学生や文化人を研究者としてOSS（Office of Strategic Services。戦略事務局。第二次大戦中のアメリカ政府機関）が雇い集め、徹底的な日本研究をしました。

それに対して日本は英語が出来る大学生を惜しげもなく前線に送ってしまうのです。当時の風潮として英語が分かるインテリは「アメリカかぶれ」の疑いがあって危険人物扱いすらしていました。だから、一兵卒として戦地に行かせてしまった。ようするに、日本軍上層部は人材の使い方を知らなかったのです。英語ができる大学生をアメリカ研究に使えばいいのに、それをしない。大きな問題だったと思いますね。適材適所が出来ていない。

熟練工を戦地に行かせたために稼働率が低下

百田 人事に関しては、日本軍は本当にひどくて、当時の日本軍は総力戦たるものをまったく理解していなかった。一九四二年あたりから、飛行機生産の稼働率が落ちてしまいます。加えて、完成した飛行機の質も悪くなっていくのです。

これはどうしてか。理由は簡単で、熟練の職工を日本人の特有の平等主義から、「赤紙」で戦地に送り込んでしまうからです。本来、工場の熟練労働者というのは、飛行機を生産するうえで大切な人たちです。国内工場になくてはならない存在です。にもかかわらず、熟練工を工場から出して前線に送ってしまう。

いなくなった熟練工の仕事をどうするのか。勤労中学生や、女学生が代わってゼロ戦を生産するわけです。その結果、どうなるか。当然、酷いことになります。部品を逆に取り付けてしまったり、ズレたりとか……。折角、完成したゼロ戦を前線に送っても稼働しないことが多くなりました。

他方、同盟国のドイツ軍はどうか。軍需相のアルベルト・シュペーアは、徴兵権を持っていたこともあって、熟練労働者は絶対に前線には送りませんでした。熟練の工場労働者を前線に送ったりしたら、その分の補充は効かないですから。そういう観点においてドイツ軍は合理的でした。

「ゼロ戦」を牛車で運ぶ愚かさ

百田　さらに、日本は戦争中も現在も言えるのは、官僚の縦割り行政が酷い点です。戦争中も横の連携がまったくないため、飛行機を作るのに陸軍と海軍とでは仕様が違っていました。また、銃の仕様も違います。だから、弾の規格が違っていて同じ日本軍なのに陸軍と海軍で互換性がありません。これは、酷い話で、陸軍と海軍が戦場で共に米軍と戦うことがあるのですが、互いに弾の融通も出来ない。こういうことを平気でやっていた。

江崎　陸軍と海軍の対立は根深かったですからね。

百田　ゼロ戦に関して有名な話をしますと、ゼロ戦は三菱の大江工場（名古屋市港区）で生産していました。しかし、工場の隣に飛行場がなかった。だから、作ったゼロ戦を飛ばせません。どうするのかというと、なんと五十キロぐらい離れた内陸部の濃尾平野北部に位置する各務原《かかみがはら》に飛行場があって、そこまで、作ったゼロ戦を運んで、全国の基地にゼロ戦を飛ばしていたのです。さらに、名古屋港区から各務原まで道路が舗装されていませんでした。

だから、トラックでゼロ戦を運べない。ゼロ戦は一種の精密機械です。運んでいるときにガタガタ揺れて、壊れてしまう危険があります。そこで牛車で一昼夜かけて運んだのです。馬車にするわけにもいかない。というのも、馬だとトラックよりは遅いけど、牛より早いのでやっぱりデコボコ道だと壊れてしまう。だから、牛でゆるりと運ぶしかないのです。そうなると、全国の基地へゼロ戦が送られるのに相当、時間が掛かります。一刻を争う戦闘をしているのに、そんな悠長な事をしていた。

さらに「一式陸攻」という爆撃機も三菱の大江工場で生産をしていましたが、これはゼロ戦より機体が大きいため作った爆撃機を一旦、バラバラにして牛車を三～四台に分けて運びました。戦争が終わるまで、この体制は変わらなかったのです。

これは、本当に間抜けな話で、工場の横に飛行場を作れば済む話なのに作らなかった。逆に飛行場の横に工場を作ればよかった。それもやらなかった。また、道路を舗装しようと思ってもそれが出来ない。

どうしてか。担当する行政部門がみんな違うからです。飛行機は民間の会社で作る。飛行場は軍、政府の施設です。道路は地方行政や警察、土木など国内行政を担っていた内務省で管理していたからです。

さらにこんな笑い話もあります。戦争末期になると、あらゆるものが統制物資になり、自由に売買できなくなりましたが、その統制物資の中に牛も入っていました。そうすると、牛が手に入らないので、三菱の社員が苦労して闇市場で牛を買ってきて、その牛でゼロ戦を運んだのです。

すると、ゼロ戦を牛車で運んでいる最中に警察官に誰何された。「この牛、どうしたのだ」と尋問されたのです。それで、三菱の社員が正直に牛を闇市場から買ってきたと言ったら、その三菱の社員は罪に問われたのです（苦笑）。戦争をしている最中にですよ。本当にアホです。そういうところが、日本人にはあります。日本人的な勤勉さ、というか、クソ真面目さが裏目に出たといえそうです。

「部分最適」より「全体最適」を優先すべきだったのに

江崎 そういう意味で日本は判断に合理性が欠けるというか、全体が見えないのです。全体の中で特定の分野は高い能力を発揮するといった意味で「部分最適」は実現している。三菱重工業のゼロ戦は素晴らしい戦闘機でした。戦艦大和もそうでしょう。でも、その戦闘機や軍艦をさらに効率よく運用するためには、製造工場以外の各部門も歩調をあわせて協力体制を構築するという「全体最適」を目指すべきだったのに、それが実現しなかったのが戦前・戦時中の日本でした。

百田 「全体最適」を考えるのは上の役目です。下は下でベストを尽くしているのに、上はそこのところをキチンと考えていない。ゼロ戦と同時期にアメリカ軍が作った艦上戦闘機、グラマン「F4F」と比べると、圧倒的にゼロ戦の方が性能は優れていました。ところが、製造時間はゼロ戦の方が倍かかる。

なぜかと言うと、ゼロ戦は主翼を難しいカーブを描くように加工して作るわけです。それを製造するのに時間がかかりました。また機体にある鉄骨に穴をあけて、軽くします。そして、鉄板を鋲《びょう》で留めます。鋲というのは、打つと鉄板から頭がまるく出ます。鋲は機体一機に千とか、二千とか打つわけです。そうすると、機体の表面に鋲の頭がボッボッと出るため空気抵抗が生まれます。スピードを出すためにその空気抵抗を減らす必要がある。そこで、鋲の頭が出ないように工夫する。それを何と一機につき数千本ある鋲すべてに施した。それは手間がかかる作業でした。しかし、それで性能がちょっと上がります。ちょっと上げるために、そこまで手間を加えるのが日本人の匠《たくみ》の技だったのです。

一方、アメリカ人はグラマン戦闘機を実際、見れば分かりますが、飛行機の主翼は、作り方がシンプルで直角に成型されています。ゼロ戦の主翼は見事なカーブを描いています。

このため、グラマンの性能はゼロ戦に比べると見劣りするのですが、アメリカ人はその弱点は十分、理解していた。それでもなぜ、性能が少し悪い戦闘機を作り続けてきたのか。「そちらの方が作りやすいから」というのが理由です。

江崎　短期間で量産できる。

百田　そうです。ゼロ戦を一機生産する間に、グラマンは二機作れます。あと、熟練工が旋盤で切る必要がありません。近所のおばちゃんを呼んできて、作らせても出来る。最終的に戦争に勝つために、どうしたらいいのか。兵器の数です。性能がちょっと落ちても、沢山早く作れるのなら、そっちで行こうという訳です。

機銃もそうです。ゼロ戦には操縦席の前に7・7ミリ機銃があり、そして両翼に20ミリ機関砲が搭載されていました。20ミリ機関砲は威力があるのですが、射程距離が短い。7・7ミリ機関砲は射程距離が長いが、威力は小さい。日本人的な発想で、両方のいいところを取り入れようと思った。

しかし実際、空中戦で闘うパイロットは大変です。機銃は、並行して設置されていません。若干、角度をつけて一定の距離に弾が集中するようにしています。7・7ミリ機銃と20ミリ機銃とではその射程距離がまったく違ってくる。射程距離が違うから、実際、空中戦となって、敵機をどっちの機銃で撃つのか、判断がややこしくなります。

アメリカ軍の飛行機はそういう事を絶対にやらない。アメリカ軍の戦闘機は12・7ミリ機銃に統一です。陸軍も海軍もこの機銃の仕様は一緒で、そうすると、生産も楽です。日本は7・7ミリ、12ミリ、20ミリなど機銃の種類がいっぱいあるため、工場では、それぞれの機銃に合わせて違うラインを作らないといけない。アメリカはひとつのラインでいいわけです。

日本のハイテク企業が衰退した理由とは

江崎　その話は平成になってから日本のハイテク企業がダメになったのと一緒な話ですね。
百田　そうです。家庭用ビデオテープで日本は、かつて日本ビクターのVHSとソニーのベータ方式と二つに分かれて競争したことがありました。まったく無駄な競争でした。また、日本の自動車業界を見てもそう思います。トヨタやニッサンなどはどれだけ車種があるのか。すごい、ラインアップですよね。メルセデス・ベンツ、ポルシェ、フォルクスワーゲンの車種はトヨタなど日本の自動車メーカーに比べると多くはありません。メルセデス・ベンツはA、B、C、E、Gクラス……といった風に十弱のクラスでお終いです。今でこそフォルクスワーゲンの車種は増えましたが、日本のメーカーほどではない。日本の自動車業界はそういった多用な車を出して成功した面もありますが、やりすぎは危険です。

これは、戦争中の船舶にもいえることですが、日本海軍は、潜水艦をイ型（大型潜水艦）、ロ型（二等潜水艦）、ハ型（三等潜水艦）と、それぞれ任務に合わせて作るわけです。これは艦隊決戦用の潜水艦、これは遠洋で商船破壊用の潜水艦、これは近海で戦うための潜水艦とか、用途に合わせて理想的な潜水艦を建造するので型がたくさん必要になる。

一方、アメリカの潜水艦はガトー級が主力で、ほぼ、これだけを建造してきました。もちろん、ガトー級潜水艦でさまざまな任務を遂行するのですが、実戦ではこの点がちょっと不都合とか、この機能が足らないとか出てきます。それでもいいとアメリカ海軍は判断した。兎に角、たくさん、早く建造した方がいいという判断・選択をしたわけです。

もし、十種類の潜水艦を作ろうと思ったら、設計技師が十種類の設計図を引かないといけない。ひとつの潜水艦を作ろうと思ったら、設計図は何百枚も必要になります。それで十種類の潜水艦を作るわけですから、どれだけ設計図を引かないといけないのか。しかも、それぞれの部品の仕様も違うため、工場はそれぞれの艦に合った部品を作らないといけないわけです。手間がものすごくかかります。

ところが、アメリカはガトー級の一種類だから、工場ラインは簡単です。設計図も一緒です。アメリカの凄いところは、ガトー級潜水艦に関してはマイナーチェンジも認めなかったことです。ここは、こうした方が使用上便利だと思っても、認めなかった。それをやるとそれ用の部品を生産するために、改めて設計図を引かねばならず、工場ラインを設けないといけなくなるからです。そうすると当然生産性が落ちます。軍はそれを嫌ったのです。アメリカ軍はその点、徹底しています。

江崎 それは正しい選択です。

百田 私は最近、DVDプレイヤーを購入しようと思って、家電ショップに言ったら山のようにたくさんの種類がありました。あまりに多くて、どれを選んでいいのかわからなくなったほどです。日本のメーカーは相変わらずやなと慨嘆しました(笑)。

江崎 本当にそうです。戦争の時は大量に物量を消費するので、日本がやっているやり方では戦えないですよ。緊急事態になればなおさら困る。

百田 だから、上の人は大ナタを振るい大胆に決めなければいけません。日本人はいざ、という時に本当に生真面目なので、融通が効きません。もちろん、末端の人は決められたことだけをちゃんとやります。

これからは「ダイム(DIME)」の時代だ――軍人は経済、金融政策に関心を持て

江崎　これからは、そういう過去の失敗から学び、日本人も「部分最適」ではなく、大局を見る「全体最適」を考えないといけないと思うのです。それは国家の運営でも当てはまります。その「全体最適」を考えるのは政治家の役割なのに、政治家自身が「全体最適」をよく分かっていない。

トランプ政権になって、アメリカ軍の情報関係者と情報交換をしました。今のトランプ政権は軍事だけで中国を封じ込めることは不可能だと考え、貿易戦争を仕掛け経済的に圧力をかけた。そしてファーウェイを排除し、技術的な覇権を維持することにしたのだと言っていました。そして国防権限法などを制定し、アメリカにいる中国の産業スパイを炙《あぶ》り出し、国外退去させています。

この戦略を我々専門家の間ではダイム（DIME）と読んでいます。外交（Diplomacy）、インテリジェンス（Intelligence）、軍事（Military）、経済（Economy）の四つを踏まえながら、どうやって相手国――この場合は中国をさしますが――を封じ込めて暴走を食い止めるのか。このダイムをアメリカ軍とホワイト・ハウスが一緒になって実行しています。アメリカ軍の情報将校はそういう観点から中国封じ込めを考えているのです。

そのために最近は、米軍幹部たちが日本にやって来て、自衛隊幹部との会合で金融や経済政策の話を持ち出すことが増えたという。

百田 戦略的思考には、軍事も経済も両方必要ですからね。

江崎 米軍幹部が、自衛隊幹部に金融や経済制裁について意見交換を求めるのですが、自衛隊幹部は「金融は財務省が担当、経済制裁は経産省が担当です」という話になってしまう。これに米軍幹部は呆れてしまって、あくまで非公式の場ですが、「お前ら、やる気あるのか」と論争になったといいます。

でも自衛隊幹部からすれば、金融や経済は他の省庁の管轄だから、「自分の担当外です」と答えるのが正しいことなのです。このように省庁縦割り行政では、アメリカを始めとする国々と、国家戦略について議論できないわけです。

この間違った仕組みを改革するためには、自衛隊幹部に、インテリジェンスは勿論のこと、外交や経済についても学ばせ、それを外国の軍幹部としっかりと議論できるようにしていけるように政治家が指示してあげることが必要なのです。

日本陸軍と日本海軍の対立

百田 結局、大東亜戦争当時の日本の縦割り行政と一緒ですね。ゼロ戦を生産しても行政がバラバラだからスムーズに前線基地に運べなかったわけですが、今でも全然、改善していませんね。

江崎　戦前、戦中に陸軍と海軍の対立がありました。戦後になって「陸軍と海軍がバラバラだった」という反省が叫ばれましたが、大東亜戦争に関する戦史も、陸軍と海軍はバラバラに出しています（苦笑）。

庄司潤一郎氏の「『戦史叢書』における陸海軍並立に関する一考察」（『戦史研究年報』第12号、二〇〇九年三月）によれば、旧陸軍省は「史実調査部」（陸軍）が中心となって『大東亜戦争全史』4分冊（一九五三年三月、鱒書房）を発刊しています。一方、旧海軍省は、「資料整理部」（海軍）が中心となって『太平洋戦争日本海軍史』全18巻（一九五〇年）を出しています。

関連して防衛庁は一九五五年七月六日、「戦史委員会」を設置し、戦史編纂を開始します。そして一九六五年十一月十八日、防衛事務次官から防衛研修所長に対して、「太平洋戦争戦史の編さん及び刊行について」が通達され、一九六六（昭和41）年度から十年計画で全91巻を朝雲新聞社から刊行することとされました。これがいわゆる「戦史叢書」で、その内訳は「大本営戦史」31巻、「陸軍戦史」31巻、「海軍戦史」20巻、「陸軍航空戦史」9巻と、陸・海・空の割合は3：2：1でした。あくまで陸軍と海軍は別々に編纂していて、日本軍として統合的な戦争はしてこなかったことを戦史編纂においても明確にしているわけです。

百田 日本が大東亜戦争に突入した最大の原因は石油がない事でした。そこで日本軍は、オランダが支配していたインドネシアに進撃してまず石油を確保することに成功する。ぶっちゃけて言えば、日本はインドネシアの石油を取るために、大東亜戦争を始めたのです。つまり戦争の目的は石油でした。

このインドネシアの石油を取るために海軍も協力したのですが、地上で主に戦闘したのはもちろん日本陸軍でした。「空の神兵」と喧伝されることになった陸軍の落下傘部隊を使っての電撃攻撃に成功し占領した。すると石油施設のほとんどは陸軍の管轄下になった。でも、戦争で実際に石油を大量に使うのは海軍です。陸軍はそれほど石油を使いません。そして驚いたことに、海軍に石油が足らなくなっても、陸軍はその石油を縄張り意識から海軍になかなか回さないのです。間抜けですよね。

江崎 だから、戦時中にインドネシアでも、ここからここまでは陸軍の占領地、そこからあそこまでは海軍の占領地というように、それぞれ分かれていました。インテリジェンスからスパイ取締り活動まで、すべて別々です。その当時、オランダ系や中国系のスパイがインドネシアでいろいろと活動していましたが、海軍側が摑んだ情報は陸軍側に伝えません。逆もそうです。

百田 それで、あんまり海軍が気の毒だと思って、石油管理を担当していた陸軍将校が、海軍にいくらか石油を回したことがありました。そうしたら、その将校は規律違反で処分されてしまった。勝手に陸軍の石油を海軍に回すなという理由でした。

陸軍と海軍の対立でもっとバカバカしいのは、これは国内の話ですが、同じ飛行機工場で陸軍と海軍から別々に発注を受けて生産していたことがあった。すると、同じ工場内の社員なのに陸軍派と海軍派に分かれて、いがみ合っているわけです。機密保持という目的で工場内にカーテンを引いたりして、隠しながら生産する始末です。つくづく、これでは敵国と同等の国力があったとしても日本は戦争に勝てないと思いました。

――それに東条英機は首相だったのに、ミッドウェー海戦で、日本海軍の空母がどれだけ撃沈されたかをしばらく知らなかったようですね。

百田 海軍は陸軍に隠していましたからね。

江崎 当時は陸軍、海軍は反目しあっていて、そこに外務省、内務省、大蔵省などが加わって、国家戦略をめぐる縄張り争いをしていたわけで、どうにもならなかった。

この省庁縦割りの弊害と、DIMEの関係について、国家安全保障局次長を務めていた兼原信克さんが、こう指摘しています。

《日本で「DIME」を考えるのは、内閣に設置された国家安全保障会議（NSC）です。戦前の日本にもNSCのようなものがありました。昔は、「DIME」ではなく、「統帥」と「国務」の統合と言っていました。東条内閣で設置された「大本営政府連絡会議」で、後に名称が変わって「最高戦争指導会議」と言われた会議がそれです。この会議は典型的な小田原評定で全く機能しませんでした。なぜかというと陛下直属の統帥（軍事指揮権）と、総理大臣が取り仕切る外交、政治、財政といった国務（政府の仕事）が遮断されていたからです。総理は統帥事項に口を挟めなかった。しかも事前調整をする事務局がなかった。今の言葉で言えば、シビリアンコントロールが破綻していたのです》（『月刊正論』二〇二〇年四月号）

要するに政府と軍が対立し、軍内部でも陸軍と海軍が反目しあっていたわけです。いくら日本の兵隊さんが優秀でも、司令塔がこれでは戦争に勝てません。

百田 どこの軍隊も大なり小なり対立はありますが、日本の場合は国益に反する対立でした。

江崎 アメリカは一九八〇年代、レーガン大統領の時にソ連と本気で戦うつもりでしたが、当時のアメリカ陸軍と海軍は連携が弱く、戦前の日本のように関係がぐちゃぐちゃになっていたのです。武器弾薬ですら海軍と陸軍と一致していないなど、話にならなかった。

百田 そうだったんですか。大東亜戦争中、アメリカの海軍と陸軍は一致していたのに……。

江崎 実は第二次大戦中はアメリカも陸軍が圧倒的に強かった。陸軍、海軍、海兵隊があって、戦後になって空軍が出来て、4軍になった。

しかし、ベトナム戦争になると、それぞれ軍が縄張りを主張し始めたのです。有事の時は協力しあっていた米軍も平時になるといささか対立するようになったわけです。それが酷くなり、実戦のベトナム戦争において、各軍がバラバラだったために戦争遂行の上で齟《そ》齬《ご》が発生し非常に問題となって、レーガン大統領の時に連邦議会がコールドウォーター・ニコルズ法（アメリカ軍の指揮系統などを再編成する法律）を制定しました。

この法律で各軍に統合運用を義務付けたのです。具体的にどう義務付けたかというと、演習場や武器・弾薬などすべて共用・共通にしたのです。各軍が合同演習出来る演習場所を作り、無理やり各軍の共同演習をさせたのでした。

ここは陸軍の演習場、こちらは海兵隊の演習場というのは廃止し、全軍が共用で演習を実施しないといけないことになった。そして合同軍事演習を頻繁にやるわけです。ハワイの太平洋軍司令部には、統合運用のための演習場所があって見せてもらいましたが、陸海空、海兵隊、そして沿岸警備隊までが一緒に訓練できるようにしています。

総合的な運用が出来るようにしなければ、ソ連に立ち向かえないと、レーガン大統領は考えたわけです。つまりアメリカ政府と連邦議会は、軍を「部分最適」ではなくて、「全体最適」にしようと努力した。しかもその後、どこの国でも軍事技術革命の進展とともに、陸海空の垣根が低くなっていて、統合運用を重視するようになってきています。だから日本も、なぜアメリカのようなコールドウォーター・ニコルズ法を作って統合運用を進めないのか。それが、自衛隊の実情をよく知る米軍側の素朴な疑問なのです。

百田 日本は戦争中にいっぱい、失敗しているのにね。

江崎 過去に学ばなければまた同じ過ちを繰り返しますよね。

「言霊信仰」が大東亜戦争敗因と原発ミスのキーポイント

百田 大東亜戦争を復習すると、これは日本の政治にも思い当たることですが、「言霊《ことだま》主義」がキーポイントになっています。日本は言霊の国で、言葉に霊力があるという思いを、日本人は強く持っています。つまり、悪い言葉を使えば、実際に悪いことが起こると考える。逆にいいことを言えば、いいことが起こるというわけです。

もちろん、いまの日本人は、言霊信仰はナンセンスと思っています。確かに意識ではそのように思っているのでしょう。しかし、潜在意識として未だに「言霊信仰」が日本人にあるのです。それは代々、二千年間、引き継いだものです。それは何か。今でも、「縁起の悪いことを言うな」というのがあります。ちょっと体の調子が悪いという人に気安く「癌じゃないか」と冗談で言ったりすれば、えらいことになります。周りの人から「そういう縁起の悪いことは言わない方がいい」と確実にお叱りを受けます。また受験生の前では、絶対に「落ちる」とは言わない、結婚式の披露宴でも「切れる」とか、「別れる」とかは言ってはならない。今でも宴会が終わるときに「お開き」といいますよね。

こういうふうに、日本人は縁起の悪いことは言わないし、考えない。というのは、考えただけで、よくないことが起きる気がするからです。だから、最悪の事態を想定しません。たとえば、大東亜戦争の軍の会議でも、ここで、敵の攻撃を受けたら、わが軍は相当痛手を被ります、ということを誰も言いません。つまり、都合の悪いことは考えないようにするのです。日本が敗戦した原因のいくつかはそこにあります。

たとえば、ミッドウェー海戦を遂行する前に、海軍は図上でシミュレーションしました。当時、コンピュータはありません。戦闘というのは不確実性の問題ですから、実際に空母同士が対決したらどうなるのか、当然、味方の空母にも爆弾が投下されるだろうと予想する。しかし何発、爆弾が味方の空母に当たるかはわかりません。十個爆弾が投下されても、すべてかわすかもしれませんし、三発投下されて、すべて命中するかもしれない。それで図上演習の時に、サイコロを振るのです。ところがこの時、サイコロを振ったら、日本の空母にたくさんの爆弾が命中してしまった。それで演習上では日本軍の負けになってしまった。

ここで普通なら、この戦いでは負ける可能性があると判断します。それで、もう一度作戦を立て直そうとなるのですが、その時に日本の参謀はどうしたか。「今の（サイコロ振りを）はやり直し」ということで、サイコロを振り直したのです。もうバカでしょう。「大吉」

が出るまでおみくじを引くようなものです。

また、日本軍が進攻したニューギニア作戦、ガダルカナル作戦、インパール作戦でも、物凄い餓死者がでました。これらの作戦も実行する前に計画を立てます。そこで、この作戦は何日で終了するかを計画します。すると、日本軍はその計画に基づいて動きます。たとえば、作戦が七日で終わるとすると、日本軍の兵士は七日分の食料・弾薬しか用意して持って行かないのです。でも、実際の戦争になったら何が起きるか分かりません。天候の問題、敵方の状況、いろいろな問題があって七日で計画通り終了するわけがありません。そうすると、実際闘っている部隊の弾薬、食料が七日間で尽きてしまう。後は野となれ、山となれ……。これが、日本軍のやり方です。最悪の事を想定しません。

江崎　第１章でも論じましたが、今回の「中国肺炎」対策とまったく同じですね。

百田　本当にそうです。最悪の状況を想定して動かないのです。

この手の話は「中国肺炎」以前にもいくつもありました。たとえば、昔から原発施設に大事故が起きた場合、人間が入れないような危険施設内では、ロボットが人間の代わりに修理をすればいいじゃないかという議論がありました。ところが、原発を積極的に導入していた東京電力ではロボットを導入できませんでした。なぜかというと、ロボットを導入しようとして予算を取ろうとすると、反対派が導入を阻止するのです。

反対派から「どうして、ロボットを導入するのか」と質問されて、「これは万が一の事故に備えてです」と答えたとします。すると、「原発は人が入れない恐ろしい事故が起きるのか？」と反問されます。さらに「原発は安全だと言ったから作られたんじゃないのか」と畳みかけられます。そうなると、もうそれ以上のロジックを展開できません。結局、万一の事故に備えてのロボットは最初から導入できなかったのです。

江崎　確かにそういう問題が原発にはありましたよね。

「ダチョウの平和」はもう通じない

百田　また、ゼロ戦の話に戻りますが、ゼロ戦は敵機に撃たれるとすぐに炎上します。前線で戦っているゼロ戦パイロットたちからさすがに、防御を何とかしてくれと要請されます。ゼロ戦が強かったのは、防御がなかったからという人がいます。つまりその分、機体が軽くスピーディに動くし、航続距離も長かった。

しかし、撃たれてもすぐに燃えないように防御を強くすると平凡な飛行機になってしまう。そのへんを技術者と軍の上層部がどうしたらいいのか議論をいろいろしました。その難しい議論をやっている最中に当時の航空参謀源田実が会議室に入って来て「ぐちゃぐちゃ言うな」と、「ゼロ戦が敵機の弾に当たらなければいいわけだろう」と一喝。それで議論が終わりです（苦笑）。

日本軍は昔から被害を受けることを考えていません。その証拠に日本の巡洋艦、戦艦、空母にはダメージコントロール要員がゼロでした。ダメージコントロール要員というのは、たとえば、巡洋艦が爆弾や魚雷の攻撃を受けた場合に、いかに応急措置するか、それを専門に対処する要員です。アメリカ海軍にはダメージコントロール専門の士官がいます。爆弾が命中した時に活躍するわけです。普段でもそれなりの仕事、任務はあるのでしょうけど、いざとなった時に力を発揮します。

ですから、アメリカと日本とでは、たとえば巡洋艦に乗船している兵士の人数が全然、違います。日本が圧倒的に少なかった。要するに無駄な人材は使わないという考え方なのです。これは言い換えれば、予備の人材が必要になるような事態を想定していないということでもあります。で、実際に、大きな被害を受けたときに、大変なことになりました。

江崎　ダメージコントロールという言葉は是非とも普及したいものです。

どんなに準備しようとも、防ぐことができない危機が訪れる。そうした想定をしないから、いまだに日本では憲法に緊急事態条項をいれることもできないし、今回の「中国肺炎」のような緊急事態にも機敏に対処できない。サイバー攻撃に対するサイバーセキュリティ対策も遅れている。

もしサイバー攻撃をやられた時にはどうするのか。大災害が発生したらどうするのか。そういう最悪の事は考えないようにしましょう、みたいな傾向は確かにあります。

――百田さんの言われる「たいしたことにはならないだろう」といった「正常性バイアス」と同じですね。

百田 そうです。それは未だに日本人の多くの人の潜在意識にあるのです。悲観的な予測を口に出すこと自体が縁起悪いわけです。だから、最悪の事態を真剣に考える事は良くないことになる。これは、出版の世界でも同じ。今度出す本や雑誌が売れなかったら、どうしようという事はあまり言わないでしょう（笑）。私もテレビ番組を作るとき。視聴率が何パーセント以下だったら、どうしようとは私も含めて誰も言わない。悪い結果が出たなら、こうしようとは、考えないのが日本人です。

――平和憲法があったらどこの国も攻めてこないという発想と同じですね。

百田 その通りです。もし、攻めてきたらどうするという発想、議論がないのです。前述したように、赤旗と白旗を掲げたら大丈夫という程度の想像力なき予想しかできない。それでいいのだと思っている。私の持論なのですが、戦争という極限状況になると、その民族の最も凄いところと、最もダメなところとが極端に出ますね。ですから、大東亜戦争を見ると、日本ではトップのダメさが極端に現れた。逆に、最前線で戦っている兵士は優秀だった。

江崎 確かに硫黄島やペリリュー島での勇戦ぶりは凄かった。

百田 よくいいますよね。理想の軍隊とは、将軍はアメリカ人、参謀はドイツ人、兵隊は日本人で構成されると。

江崎　そうですね。いま居る自分の立場の目先の利益などにこだわりすぎて、日本人の多くが大局を観ることが苦手ですね。戦争であれ、外交であれ、経済であれ、多角的、かつ大局を見据えた対応が求められているのですが。

百田　実は日本において、大東亜戦争はいまだに総括をしていないのです。いわゆる「東京裁判」によって、総括が出来ていると思っているけど、あれは戦勝国側の「論理」を押しつけられた代物でしかない。その点を勘違いしています。

本当は、日本国民自身が、あの戦争の何が間違っていて、何が正しくて、敗戦の原因は何だったのかを、しっかりと総括し、教訓を学ぶ必要があるのです。そこのところが、蔑《ないがし》ろになったまま戦後が七十年以上も経過してしまいました。これでは全然、ダメですね。次章ではそのことを最後に論じていきたいと思います。

第6章

コミンテルンの亡霊に怯えるな。しかしデュープスを注視せよ

ソ連に乗っ取られていた「ホワイトハウス」

江崎　第二次世界大戦を総括するうえで「ヴェノナ文書」（戦前から戦中にかけて在米のソ連のスパイとソ連本国との秘密通信を傍受し、それをアメリカ国家安全保障局（NSA）とFBIなどが解読したドキュメント）の研究から、私は歴史の見直しを始めています。「ヴェノナ文書」は先の大戦を総括するうえで、本当に重要な史料です。この「ヴェノナ文書」を読み解けば、アメリカは戦争に勝ったのに、アジア（中国）と東ヨーロッパをなぜ失ったのか、という事が分かる。

百田　そのあたりのことは、「ヴェノナ」を解読したジョン・アール・ヘインズ&ハーヴェイ・クレアの『ヴェノナ　解読されたソ連の暗号とスパイ活動』（PHP研究所・扶桑社。中西輝政監訳）や、江崎さんの『日本は誰と戦ったのか　コミンテルンの秘密工作を追及するアメリカ』（ワニブックスPLUS新書）が参考になりますね。それにつけても、戦闘ではアメリカが圧勝したのに、火事場泥棒的にソ連が東欧諸国を制覇。中国も毛沢東が支配することになった。第二次大戦後、領土を拡張したのはソ連と中国だけ。なんでこんなことになってしまったのか。

江崎　戦闘で勝ったのに、政治でアメリカが敗北したのは、端的に言うとインテリジェンスの闘いにおいてルーズベルト大統領がスターリン・ソ連に敗北を喫したからです。では、なぜアメリカは敗北したのか。また、再び敗北しないためには、どうしたらいいのかという事を考えるためにソ連のアメリカに対する諜報工作がどういうものだったのかを知っておく必要がある。

その研究の大きな糸口となったのが「ヴェノナ文書」です。その軌跡を知ることは、今日の中国（中国共産党）の対外工作を打破するためにも極めて参考になると思います。

この研究で判明したことが、「ホワイトハウス」をはじめ国務省などの政府の主要機関が知らないうちに敵国のスパイやエージェントに乗っ取られてしまっていたことだったのです。その同じ過ちを二度と起こさないために、アメリカの頭脳である「ホワイトハウス」、政府中枢を敵国から絶対守れというのが教訓となりました。

末端のスパイは、雑魚《ざこ》です。むしろ、その雑魚に目を奪われて、本丸である「ホワイトハウス」、政府中枢が乗っ取られて敵のコントロール下に置かれたら完全にアメリカは負けてしまうわけです。ＦＢＩは戦前、戦中、アメリカ共産党の動きを追ってきました。そして、アメリカ共産党関係者をかなり摘発しています。

しかし、そのアメリカ共産党という出先機関にＦＢＩは関心を奪われてしまい、ルーズベルト大統領の回りに、ソ連の大物スパイが暗躍して、「ホワイトハウス」が乗っ取られたことに気が付きませんでした。正確に言えば、薄々気づいていたのですが、手を出せなかったということです。

百田　「ホワイトハウス」には、ルーズベルト政権のヘンリー・モーゲンソー財務長官のもとで財務次官補をつとめ、日本を戦争に追い詰める、事実上の最後通牒ともいうべき「ハル・ノート」の原案を書いたとされるハリー・ホワイトやヤルタ会談にも出席したアルジャー・ヒスなどがいましたね。

問題発言になるかも知れませんが、ハッキリ言って、日本の政財界やメディアには、中国のスパイと思われるような、反日親中派の人間が沢山います。そんな奴らが安倍首相の側近にもいて、「中国肺炎」騒動の時も、「中国からの日本訪日を全面ストップするのに反対」していたんじゃないのか、という疑問が拭い去れません。

江崎　事実関係はいずれ明らかになると思いますが、対中関係についての安倍政権の判断は疑問を感じることが増えてきたことは事実ですね。

司法・最高裁判事の任命をめぐる戦争

百田　さらには司法の世界も気をつけないといけない。とりわけ裁判官。一度なったらハレンチ行為でもしない限りクビにできない。日本でもヘンな判決が増えています。

江崎　原発裁判の判決なんかそうですね。アメリカでも、注目されるのが最高裁判事の任命です。共和党政権において一九六〇年代以降、一番、注目された大統領の政策手腕は何かというと最高裁の判事の任命人事でした。

民主党政権側が任命したリベラル判事の後釜にキチンと保守派判事を充当できるかどうか。それは二〇一六年の大統領選挙でトランプ氏が勝利した時も注目されました。最高裁判事は定年がなく、死亡か病気などを理由に自ら引退を表明するまで判事でいられます。

トランプが当選した時も、リベラル派の高齢判事がいたので、その後任に保守派判事が任命されるか否かによって、今後のアメリカ社会の行く末が大きく左右されることになったのです。なにしろリベラル派判事が多数派を占めていた時に、キリスト教国家なのに、公立学校で始業時に「聖書の一節を註釈なしで朗読すること、または主の祈りを朗読すること」は違憲だとする最高裁判決が出たこともありました。

百田　それもあって、アメリカでは「メリークリスマス」とは言えず、「ハッピーホリデーズ」というようになったみたいですね。中絶を認める最高裁判決も出てしまいました。

江崎　アメリカの常識というものをキチンと理解した人間を最高裁の判事にしないと、大変な事になると多くの市民が気付いた。ですから司法がリベラル派に乗っ取られないようにする草の根運動が起こった。

アメリカでは、レーガン大統領が当選した一九八〇年代以降、リベラル派の判事が退任するたびに、その都度、共和党の大統領は保守派の判事を任命してきた。指名を認める権限を持っている上院を制することが共和党は多かったので、民主党大統領の時は、リベラル派判事の指名を拒否することもありました。

トランプ大統領もこれまでに最高裁（定数九人）で保守系判事二人を任命。保守系を五人そろえたことで、最高裁の保守化に成功しました。いま、リベラル派判事の大物（高齢）のギンズバーグ氏が八十六歳ですから、その後任が保守派になれば六対三のダブルスコアになります。

百田　韓国の司法界では逆のことが起きていますね。昨年十二月、韓国の検察改革（検察改革法が可決して、政治家や政府高官への捜査権と一部の起訴権を検察から独立機関「高官犯罪捜査庁」に移管）が発動されて、「容共リベラル」の文在寅政権の嫌う捜査を手掛けてきた検察幹部を異動させました。それまでにも最高裁判事を左派系に入れ換えて、対日徴用工裁判などでも非常識な判決をだしやすい環境整備をしていました。

いずれにしても司法がリベラルに乗っ取られると、国の在り方として非常に危うくなります。判決にイデオロギーが介入するからです。

昔「赤狩り」、今「鷹狩り」

江崎　そうですね。日本でも司法を左翼側に奪われないようにすることが肝要です。でも一番の問題はメディアですよね。

百田　メディアはもう手遅れ状態です（苦笑）。

江崎　アメリカの保守派によると、「アメリカのメディア状況は日本以上にひどい」というのです。「日本はまだ保守派の産経新聞や中道派の読売新聞があるだけましで、アメリカには産経新聞すらない」と嘆いていました。

百田　だけど、テレビでＦＯＸテレビがある。

江崎　ＦＯＸテレビは、保守とリベラルの両方をやっていますから保守一筋というわけではない。メディアをリベラルから奪い返すためにアメリカは何をやっているのかというと、まずはラジオを奪い返す戦略です。

ラジオは、この前、トランプ大統領からアメリカの最高の勲章である自由勲章が、保守派のラジオパーソナリティとして有名なラッシュ・リンボウに授与されました。アメリカの庶民はこういう保守派のラジオ番組の影響もかなり受けています。

ですから、保守系の民間シンクタンクの関係者などがラジオにドンドン出演してリベラル派と対決する。その次がインターネットです。インターネット戦略で、保守側がリベラル派を議論で圧倒すれば、影響は大きいと思います。

さらに、アメリカでも、大学は向こう（リベラル）に乗っ取られていますので、ベトナム戦争当時から、保守派は、みんなでお金を出し合って民間シンクタンクを創設して、大学に対抗する戦略を取ってきました。政府や大学はどうしてもリベラル派が強いので、代わって民間シンクタンクを創設し、応援し、そこで保守派の議論の質を高めてきているのです。

百田　日本の大学も乗っ取られていますね。戦後、ＧＨＱが教職員追放をやってから、左派（リベラル）が牛耳るようになり、今もその状況は変わりません。東大法学部もそう。日本の大学はあかんな。

江崎　大学には中国からの留学生が私費、公費ともに多い。「お客様」ですから、中国に批判的な授業もしにくい。さらに孔子学院なんかも。トランプ政権になってアメリカではかなり排除されてきていますが、日本では主な私立大学に厳然として存在しています。

ですから今後も中国に対抗する気構えが醸成されにくいですね。この前、北海道大学の中国研究家が中国でスパイ容疑で拘束されるという事件がありました。さすがにリベラルな中国研究家たちや政府も恐る恐る抗弁していました。なし崩し的に「解放」されて一件落着になっています。このような対中姿勢に関して、トランプ政権は日本に対してかなり疑念を持っていますね。

百田　日本には中共に対抗するためのインテリジェンスの予算もほとんど付いていないでしょう。

江崎　そうです。そもそも対外インテリジェンス機関もないですからね。その気になれば予算を付ければいいだけの話なのですが。

百田　今は予算がなく人員もいないですね。だから厄介です。

――アメリカは一九五〇年代にマッカーシー上院議員らによる「赤狩り」（世界的な共産主義拡張活動に危機感を覚えた政府が国内にいる共産党員やそのシンパを公職から追放した）をやったお陰で、結果として悪い芽を摘むことが出来ました。日本は「赤狩り」しないわ、百田先生の講演などをヘイトだといって「鷹狩り」して中止にしてマスコミが喜んでいる。

軍人が政治家になるメリットとは

江崎　アメリカの保守派の反撃のやり方がうまいのは、軍を徹底的に活用している事です。軍の少佐級以上の人間は、リタイヤして、地元に戻ると政治家になるケースが少なくありません。そういうカタチで、地方の州の政治家に軍出身者をドンドン送り込んでいます。そういう政治家は元軍人ですから、左（リベラル派）の連中による恫喝なんて、屁とも思っていません。そして左側の威圧的な言論弾圧と闘うことが出来るような根性のある首長を誕生させる。それがリベラル派と闘うのに一番うまい方法となります。日本でも自衛隊出身で、危機管理関係に従事した人が、政治家になっているケースが増えてきています。

宮城県知事の村井嘉浩氏も元陸上自衛隊出身（一尉）。日本もそういうカタチで、この流れを強くしていくことが、絶対必要だと考えています。

――外務省副大臣をやっていた佐藤正久さんも元自衛官、イラク第一次復興業務支援隊長。中谷元（元防衛大臣）さんも自衛隊出身。お二人はBS民放の討論番組にも積極的に出て発言をしています。そういう人をドンドン、増やして行くのがいいですね。

江崎　そうです、そういう人は日頃から闘っているので、言論弾圧をくらっても微動だにしませんから。

百田　そうですね。メディアに叩かれても動じませんね。自衛隊にいた時は「税金ドロボー」とか罵られたり、子供が日教組に苛められたりもしたのだから、精神的に強いし、打たれ強い免疫が出来ています。ただ、第1章でも述べたけど、日本の普通の政治家はメディアに叩かれるのを異常に怖れますからね。もちろん、安倍晋三総理とか、麻生太郎財務大臣など地元に絶対的な支持地盤がある政治家はマスコミに叩かれることを怖れません。でも、選挙で当落線上にある政治家は恐れる。

だから、前述したように憲法審査会が開かれません。力づくでも審査会を開いたら、9条改憲に大きく一歩を踏み出せるのに、出来ない。それをやると、その政治家はピンポイントで朝日みたいな左翼マスコミに叩かれます。そうなると、その政治家は次の選挙で落ちると思ってビビってしまう。情けないですね。

江崎　議員の人数を減らして、その分をアメリカみたいにスタッフを20人ぐらい抱えるようにして、政策立案機能を強化する。そのようにしたらいいと思います。

百田　でも、議員の数を減らす法案を決めるのは議員自身ですからね。彼らは自分が議席を失うかもしれない法案に賛成するはずもないので厄介ですね。

江崎　あとは、アメリカみたいに回転ドア方式（政府と民間の間を人材が回転ドアのように往来すること）を採用して、高級官僚は政権が変わったら入れ替える。それが出来ると、優秀な民間人を積極的に登用することが可能となります。知的水準の高い議員も万が一落選しても大学教授やシンクタンクの研究員になれるようにしておけば、正論を吐き続けることもできます。

併せて草の根保守といって、保守派の候補を応援する民間のネットワークを懸命に作っていますので、いくらマスコミが左派、リベラルを応援しようともビクともしない構図を作っているのもさすがです。日本の保守派はどちらかというと、政治家不信を煽る傾向がありますが、アメリカの保守派は、しっかりした政治家をどう育てるのか、という前向きの発想で動いています。

――米国議会の共和党のスタッフとして研鑽を積んでいた中林美恵子さんは、民主党候補として神奈川県一区（衆議院）から出馬し当選。次の選挙で落選しましたが早稲田大学教授としていまはテレビ討論会にもよく出て活躍しています。そんなふうに行き来する人も出てきています。

百田さんが政府広報官になる日

百田　財務省など中央省庁に入る新人の資格は二十歳ちょっとで実施されるペーパー試験で決まります。社会のことも何も知らず、働いたこともない、勉強ばかりしていた二十歳そこそこの学生がエリート官僚になるのですが、日本ではエリート官僚になる道はそれしかありません。それは本当におかしい。一方、ビジネスマンは、たとえば商社に入社すれば、世界を股にかけてさまざまな分野で闘って、いろいろと経験を積んでいきます。ストレートにエリート官僚になった人間より、民間企業で苦労を重ねてきた人間が政治任命などで官僚の世界で要職に就くというシステムがあればいいのですが。

江崎　官僚たちも自分たちが使っているカネは、先人たちが築いた信用に基づく金融と、国民が払っている税金なんだ、ということを痛感してほしい。頭で分かっているのですが、本当は分かっていません。ですから回転ドア方式で、エリート官僚を一度、民間に放り出すのは有効だと思います。民間人が大使や公使になったりする例も出てきていますから。

たとえば、百田さんが政府・首相の広報官になって、官邸のいろいろな情報発信をしたら、批判はいっぱい出てくるかも知れませんが、世界中が注目すると思うのです。何をいうのか分からない。それって大事です。トランプ大統領はそれで成功しているわけじゃないですか。

――アメリカはトランプの、日本は百田さんの「ツイート」が注目されるというわけですね。

百田　すぐクビになりますね（苦笑）。

江崎　アメリカのヘリテージ財団（ワシントンD.C.に本部を置く保守系シンクタンク。アメリカ政府の政策決定に大きな力を持つ）の人間と話をしていたら、日本研究部門が二〇〇一年ごろからドンドン細って今では日本研究員がほとんどいなくなったというのです。

一方、中国や韓国の研究員が格段に増えた。どうして日本の研究員が減ったのかと聞くと「だって、日本は研究しなくていいじゃないか。（アメリカに）付いていくだけだし。その反面、中国や韓国は反抗的で何を考えているのか分からない。だから彼らを観察しておかないと危なくてしょうがない」というわけです。日本は素直にアメリカに追随するだけだから、研究しなくていい。それはそれで問題はあるのですが、一理あります。

味方より敵の動向を気にして観察するのはインテリジェンスの基本ですからね。

百田　敵のやっていることを調べるのがインテリジェンスの基本となると、スポーツの世界でもそうですね。たとえば、日本のプロ野球や大リーグでも敵チームの捕手のサインを盗む行為が発覚して問題になったことがあります。次に投手が投げる球種が打者にわかればヒットになる確率は高くなり勝負に勝てる。国際政治も盗聴やら美人局などダーティなこともやっていると割り切るべきでしょう。

江崎　その通りです。エドワード・スノーデンが、ＮＳＡ（国際安全保障局）から持ち出した内部文書によって、アメリカが国民監視システムを使い、国内で網羅的な通信情報収集を行っていることが知られるようになった。中国はもっと露骨なことをやっていますね。

そういうアメリカや中国を相手にしているのだからせめて、広報担当官や重要ポストに意外性のある人物を起用するぐらいの気概を日本も持つべきです。

そういう人事をやることによって、日本に活気と意外性が生まれます。「日本を、ちゃんと見ておかないと大変だ」と思わせることも大事な対外広報戦略だと思います。

百田　私も一度ＮＨＫの経営委員に任命されたことがありましたが、メディアは大騒ぎしましたね。皮肉なことに、そのことによって「ＮＨＫの経営委員」という存在が有名になりました。経営委員は守秘義務がありますので、何も言えませんが、ＮＨＫ経営委員が何のためにあるのかというと、その一番大きな理由はＮＨＫ会長を決める人事権を持っています。これが大きいのです。

ここだけの話、ＮＨＫには極左活動家が何人もいて、制作のプロデューサーやディレクターにもいます。ＮＨＫを改革するのは簡単な話で、会長がマッカーサーのように、人事権を発動してＮＨＫの現場にいるたくさんの極左活動家を排除すればいいだけです。会長の人事権で、そういう人間を現場からドンドン、パージして外して、まともな人を起用すればいい。ただ、そういうことをやったら朝日新聞なんかの批判にさらされますから、強い精神力をもった剛腕な会長が必要です。

「ヴェノナ」で歴史解釈は修正されて当然

江崎　人事権を押さえていけば、少なくともNHK改革はまだまだ可能だというわけですね。

日本の世論も別に左巻き一辺倒ではないわけだから、しかるべきポストにいるしかるべき人たちが勇気を持って事に対処すれば、どの分野・業界でも改善への道は開けていきます。そのためにも「過去の失敗」から我々日本人は教訓を学び取る必要があります。

百田　そこのところは、冒頭でも紹介した江崎さんの『日本は誰と戦ったのか　コミンテルンの秘密工作を追及するアメリカ』（ワニブックスPLUS新書）や『コミンテルンの謀略と日本の敗戦』（PHP新書）などが参考になりますね。

江崎　ロシア革命（一九一七年）の直後の一九一九年に、ソ連共産党によってコミンテルン（「共産主義インターナショナル」Communist Internationalの略称）が結成されました。自国の共産革命に成功したソ連共産党が、世界を共産主義の国にしようと企てて組織したのです。日本共産党も一九二二年にコミンテルン日本支部として発足しました。

そもそも共産主義とは何か。表向きは、財産をすべて共同所有して平等な社会を目指すという理想主義的な考えでした。ですが、結局は、金持ちから奪った財産を共産党幹部が私物化して自らは特権階級として君臨して、批判を許さないために「一党独裁」の恐怖政治を推進するだけのことでした。

――そのあたりはジョージ・オーウェルの『動物農場』(角川文庫ほか)が見事に風刺していますね。

江崎　今の中国や北朝鮮がまさしくそうですね。スターリン率いるソ連は、世界各国の支部(各国共産党)を使って、マスコミ、労働組合、官界、軍隊に共産党員が入り込んで、その国の世論に影響を与えて操ろうとした。これを「影響力工作」、または「内部穿孔《せんこう》工作」といいますが、こういう工作活動、インテリジェンスを世界中でやったのがコミンテルンでした。

百田　そうですね、『日本国紀』でも、江崎さんの助言を受けてコミンテルンについて触れました。日本共産党のみならず中国共産党を作ったのもソ連・コミンテルンであり、反共の国民党の蒋介石も手玉にとりながら、同時に毛沢東も操っていました。コミンテルンは第二次大戦の関係で、一九四三年に表向きは解散しますが、中華人民共和国という国は、コミンテルンと毛沢東が協力して建国したような国家です。できたのは一九四九年ですが、それが七十年後、世界を脅かしています。実に厄介な国ができたものです。

江崎　そうしたコミンテルンの対外工作を知る上で「ヴェノナ文書」は実に面白いという

か、戦慄させられる史料なのです。

アメリカ政府によって公開されたのは一九九五年ですが、米陸軍情報部が、アメリカ国内にいたソ連のスパイと、ソ連本国に送った機密電報を傍受し解読した秘密文書です。もともとはソ連とドイツの関係を調べるために始めたのですが、途中からどうもルーズベルト大統領と、民主党政権の動きが怪しいことを察知してこの解読作業が始まりました。

今日の日本に譬《たと》えていうならば、鳩山由紀夫民主党政権と中国共産党との関係がどうもおかしいということで、日本の外事警察と自衛隊が、官邸関係者と中国との電話や秘密電報を盗聴傍受したら、鳩山首相周辺にいた政治家やブレーンに中共のスパイがうようよいたことが判明した——というような話です。あくまでも譬えですが。

百田　鳩山さん自身が一番怪しいのと違うかな（笑）。それはともかく、戦争中のスパイのやりとりには暗号が使われていたから簡単には解読できなかったでしょう。

江崎　そうです。暗号電報を秘密裏に傍受し、戦後も長年かけて解読することによって、ようやくスパイ活動の実態が明るみになったのです。

百田　一九九五年に公開されたということは、ソ連の崩壊（一九九一年）直後、戦後五十周年の節目ですね。

江崎　アメリカというのは民主主義国家で、一定の期限になれば機密情報でも多くが公開されます。税金で賄《まかな》われている政府の活動は基本的にすべて記録し、三十年を過ぎれば公開する。そうすることで政府が国民に隠れて不法行為をしたり、虚偽をしたりすることを抑止するというのが、アメリカの民主主義なんです。日本も、政府の活動をすべて記録し、のちに公開することで政府の不法行為を抑止するという意味での「民主主義」を取り入れるべきだと思いますね。この仕組みは、どうしても機密性が高いインテリジェンス活動を民主的に監視するためにも必要です。

このアメリカの民主主義に基づいて「ヴェノナ文書」も公開され、日本を無理やり戦争に引きずり込んだルーズベルト民主党政権の内部に、日米離間を画策したソ連のスパイが、うじゃうじゃいたことが判明したのです。

百田 日本は、真珠湾奇襲によって大東亜戦争に突入したわけですが、ルーズベルト大統領が日本から先制攻撃を仕掛けるように画策したのではないかと疑われてきました。そのルーズベルトを後ろで操っていたのが、前述のホワイトやヒスなどソ連のスパイだったわけです。

日本が、米国の石油禁輸によって、北進（ソ連・シベリア攻撃）を断念し、南方（インドネシア）の石油を求めて南進することによって日米・日英・日蘭戦争が起これば、ソ連はナチスドイツとの戦闘に専念できるというメリットがあった。

江崎 ルーズベルト大統領自身も、日本との戦争を欲していました。それはナチスドイツに苦しめられているチャーチルを助けたかったこともあるし、イギリスも対日参戦に踏み切るよう対米工作をしていたのです。ただ何よりも、アメリカ経済は「ニューディール政策」を実施しても、なかなか景気が回復せずに困っていました。そこで軍需産業を立て直して、失業率を改善したかったのです。

だから、コミンテルンの意向だけでルーズベルト大統領は必ずしも動いたわけではありませんが、日米戦争を欲していた両者（米ソ首脳）の思惑が一致したわけです。

いずれにしても、日米開戦にコミンテルンの画策があったのは事実です。

このヴェノナ文書の存在を知ったのは、二〇〇一年にアメリカのヘリテージ財団のリー・エドワーズという保守系の政治学者とこの問題をめぐって懇談したときです。「歴史問題に関心があるのなら、『ヴェノナ文書』を知っているか」と言うのです。その時、私は知らなかった。「アメリカの保守派では、この『ヴェノナ文書』が大騒ぎになっていて、これを解説した本がいっぱい出ている。知らないのなら、ワシントンの本屋で買って行けよ」と言われて、何冊か買ったのです。その中の一冊に、中西輝政先生が監訳をした『ヴェノナ』（扶桑社より再刊）や、日本語に訳した書名だと『ヴェノナの秘密 アメリカにおけるソ連のスパイ活動の決定的暴露』という本があり、これを読んだら、衝撃的な事実が次々に明らかになったのです。残念ながら、『ヴェノナの秘密』は未訳ですが、この解説文を書こうと思って準備をしています。

百田　是非、書いてください。

対日占領政策策定に関与したノーマンはソ連スパイ？

江崎　それを読むと、ＧＨＱで占領政策の立案に関与していた民政局やその周辺のメンバーに、ソ連のスパイがたくさんいたことが指摘されていました。

百田　ＧＨＱが初期の対日政策で日本改造（改悪）計画を推進しますね。その最悪なのが「平和憲法」の押し付けです。その憲法改正案を立案した人が民政局に何人かいるのですが、この中にもソ連の息のかかった連中がいたのです。しかも、大きく影響を与えたのが、日本生まれで、日本研究家としても知られていたハーバード・ノーマン（カナダの外交官）。この男は、ほぼ完全にソ連共産党のスパイだということが判明してますね。

江崎　ほぼ、ですね。残念ながら「ヴェノナ文書」には彼の名前は出てきません。というのは、ヴェノナ文書で明らかになったソ連のスパイは二千人ぐらいいるのですが、基本的にカバーネームばかりで、本名が確定できたのは三百人ぐらいです。

　というのも実は、解読がまだ終わっていないのです。アメリカの専門家はこれをずっと研究しています。だから、「ヴェノナ文書」に関する本がアメリカでは毎年、次々と出ているのです。

百田　つまり、一九九五年に公表されたのも部分的で、全容解明にはまだ時間がかかるということですね。

江崎　ヴェノナ文書自体はすべて公開されたようですが、その解読はまだまだだということです。実はこのヴェノナ文書の解読にイギリスの情報機関も協力していて、ノーマンはイギリスの情報機関（MI5）によってほぼスパイと断定されています。マッカーシーの「赤狩り」の時に、容疑を掛けられたら自殺してしまった。謀殺ではないかという話もあります。

百田　なるほど、一般には追い詰められて自殺したと言われていますが、実は消された可能性もあるというわけですね。

いずれにしても、そういう奇々怪々な人物が当時、民政局の幹部として戦前の指導者の追放（パージ）の選定や日本共産党の政治犯（志賀義雄・徳田球一）の釈放に力を尽くし、憲法押し付けにも辣腕《らつわん》を振るったのですね。

江崎　ノーマンはマッカーサー元帥の事実上の政策アドバイザーで、将軍に「日本は非常に悪い国で、軍国主義の国だから、徹底的に追い詰めて民主化、つまり共産化すべきだ」と吹き込んだ最悪の人間です。

百田　当時、ハーバート・ノーマンだけではなくて、GHQの中にはコミンテルンの影響下にあった人たちがたくさんいたのはほぼ間違いないですね。

ニューディーラー派と反共派の抗争

——GHQ、とりわけ民政局は、「容共リベラル」というかコミュニストの手先により支配されていて、「日本解体」(日本弱体化)のためのさまざまな政策を実施したのですが、それに反する動きがあったのは日本にとっては不幸中の幸いでした。戦後のスターリンのあからさまな東欧支配を見て、チャーチルの「鉄のカーテン」演説(一九四六年三月)も出てきた。GHQ内も参謀第2部の反共派のチャールズ・ウィロビー(少将)は、民政局と対立。マッカーサーは両者の進言をそれぞれ参考にして対日占領政策を進めていった感じがしますね。

江崎　民政局にいた「容共リベラル」は、要はニューデーラー派。ルーズベルト政権、民主党を支持していた人たちです。彼らは事実上、ソ連のシンパ・グループ。当時の民主党政権の主流派です。それに対して野党側は、共和党ですが、その多くは反共でした。そして、反共の軍人や役人たちもGHQに入っていました。

だからたとえていうと、「マッカーサー」のように「昭和天皇」がトップにおられたとしたら、その下に、安倍晋三氏、石原慎太郎氏がいるかと思いきや、他方には枝野幸男氏や蓮舫氏、さらには辻元清美さんや志位和夫氏などが一同に会していたようなものです。どっちがマッカーサー（昭和天皇）の支持を獲得するかで血みどろの闘いをやっていたともいえます。

百田　最初は民政局・ニューディーラーが強かった。しかし、途中で逆転をしていきましたね。

江崎　当初は、ルーズベルト政権を引き継いだトルーマン政権が日本の占領政策を創っていたので、日本を徹底的に弱体化していくことが基本的な占領政策だった。マッカーサー本人だって、フィリピンで一度は敗走した恨みがありますからね。

ところが、マッカーサーが日本にやって来て、いろいろと話を聞いていると、ルーズベルト大統領やその側近たちが言っていることと事情がだいぶ違うことに気づいた。ハーバード・ノーマンが言っていることとも違う。実際、マッカーサーは昭和天皇と会われて、その人格に感銘を受けます。他のＧＨＱのメンバーも「日本は一部の軍国主義者たちに洗脳されていて、世界征服を企んでいる」と思っていたが、実際に会ってみると、日本人はみな常識的で礼儀正しかった。そうやって徐々に日本に対する考え方が変わっていくのです。

百田　マッカーサーも後にアメリカ上院で証言をしています。「日本が戦争に至ったのは、自衛戦争で侵略戦争ではなかった」と。

実際、マッカーサーは日本占領中に、日本を共産主義化しようとするのは、やり過ぎだと気付いて方向転換して、逆に共産党員を締め付けようとしました。一九四七年の2・1ゼネストも中止指令を出しましたね。一九五〇年にはレッドパージでマスコミなどに巣くっていた共産主義者を追放した。

江崎　前述した、マッカーサーの側近でGHQのG2という情報部門のトップだったチャールズ・ウィロビーが、日本に帰ってきたシベリア抑留の日本兵たちをヒアリングすると、彼らは、日本共産党本部のある代々木に行き、労働組合に入り「共産革命」を起こすようソ連から命じられていたことを話すわけです。それで更に調べていくと、ソ連が敗戦後の日本で、日本共産党などを使って「共産革命」を起こすつもりであったことが判明するのです。この辺の経緯は、一九六〇年に公開された「対日占領における対敵諜報部隊」（邦訳は、明田川融訳・解説『占領軍対敵諜報活動』現代史料出版）という機密文書によって分かってきました。

日本の共産化を食い止めた昭和天皇

百田　「ヴェノナ文書」を日本でも本格的に研究しないといけませんね。
ところで、日本の中で共産主義の危険性を感じ、その陰謀を食い止めようとしていたのは昭和天皇と吉田茂総理の二人に尽きるといえますね。

江崎　昭和天皇と吉田茂首相は、戦前の「右翼全体主義」の「被害者」でもありましたが、左翼全体主義の共産主義の酷さも同時にちゃんと理解されていて、これに対してどのように立ち向かっていくべきかを真剣に考えていたのです。

詳細は拙著『日本占領と「敗戦革命」の危機』（ＰＨＰ新書）で書きましたが、日本の共産化の動きは戦前からあったのですが、それが具体化したのは戦時中です。

特に一九四五年二月のヤルタ会談でソ連のスターリンが、アメリカのルーズベルトと組んで、中国、特に満洲に対するソ連の進出から対日参戦へと踏み切ることで日本を共産主義国家に変えていこうとしました。ソ連が満洲から日本、具体的には北海道へと進出することで、まずは北海道まで占領し、日本を分割統治することで日本を共産国家にしようとしていたわけです。その動きは日本の敗戦後も続いていた。

そのためＧＨＱにいた反共保守派やインテリジェンスの関係者たちは、ソ連による敗戦革命工作を何とか阻止しようとした。

昭和天皇は、アメリカ、そしてＧＨＱの内部に、ソ連と同調する勢力と、それに反発する反共派の両方が存在していることをよく理解されていた。だから、昭和天皇は吉田茂たちと一緒になって、ＧＨＱにいる反共派と手を結んで、日本の共産革命を阻止するために、どうしたらいいのかを考えます。

当時一番、大事なのは食料でした。

終戦直後、占領初期の段階では、GHQの左派たちはわざと日本で食糧危機を起こして、国民が食糧不足になるように画策しました。人間、食べられなくなると誰しも半狂乱になる。男は妻子を飢えから救うためになら何でもやります。その怒りを利用し、暴動を起こして共産主義革命を起こそうとした。

一九四六年五月の食糧メーデー（米よこせメーデー）では、共産党員が「朕はタラフク食っているぞ。ナンジ人民飢えて死ね」なんてプラカードを持ってデモをした。不敬罪というか名誉毀損で裁判沙汰になりましたが、こういうデマ宣伝をGHQは容認していた。そうやって国民の反政府感情を駆り立てた。それを阻止するためにも国民を飢えから救うことが大切である事が分かっていたのが昭和天皇です。

だから、マッカーサーに会いに行き、皇室の財産を全部提供するから食料をアメリカから輸入して国民に与えてくれと頼まれるのです。吉田茂もマッカーサーに食料の輸入をもっと認めてくれと、何度もお願いに行っています。昭和天皇と吉田茂のこうした働き掛けがなかったら、多くの日本国民は飢えで、反政府・反天皇感情が強くなったと思います。

有名な話で、暴徒たちが空腹のあまり、皇居に忍び込んで食料を盗もうとした。さぞかし、旨いものを天皇は食べているだろうと想像していたのです。しかし実際、忍び込んだら食べ物が御所の中に全然なく、暴徒たちはみんな呆気にとられたのでした。そして暴徒たちもあっと、気づくのです。天皇陛下も自分たち国民と同じように相当、苦労をされていていることに。そして、自分たちは左翼に操られているだけかもしれないと。

昭和天皇の全国御巡幸に国民が大歓声

百田　そういう中で、昭和天皇は全国巡幸に行かれます。

江崎　昭和天皇が、国民が食うや食わずの状況下で全国を巡るのはなぜか。自分たち皇室は国民を見捨てていませんよ、左翼のプロパガンダに操られないでください――そのことを国民に直接、会って話をしないといけないと思って全国を回ったのです。当時は鉄道網もズタズタだし、道路もぼろぼろ、旅館も満足にないので、昭和天皇にとっては難行苦行の旅でした。

当時、テレビがありません。新聞もＧＨＱによって、検閲を受けているので、昭和天皇が発言しても正確に掲載してくれるかどうか分からない。だから自ら直接出向いて国民を励まそうと思われたのです。

百田　あの時はＧＨＱ内にいた共産主義者の連中は、昭和天皇が全国を回れば、おそらく民衆は天皇を罵倒するはずだと思っていました。しかし実際、昭和天皇が地方の視察地に到着したら、どこにいっても国民は大歓声を上げました。全国民は本当に喜んだのです。ＧＨＱ内の共産主義者はビックリしたらしい。

江崎　本当にＧＨＱの人たちは「えっ？」と言って驚いた。ＧＨＱからすれば、「自分たちの父親や兄貴が殺されて、天皇は許せない、戦犯だ」と思って、昭和天皇に石を投げつけるかとさえ思っていたからです。

しかも、昭和天皇が凄いのは共産党系の労働組合も視察されていることです。天皇は必ず石をぶつけられるとＧＨＱは想像していたのですが、ここでも大歓迎を受けたのです。昭和天皇が労働組合の組合員の前で「何とか生産を軌道に乗せてくれて、国民を飢えから救ってくれてありがとう」と感謝の言葉を述べられたのです。すると若い組合員が「天皇陛下、バンザイ」と感極まるのです。昭和天皇は凄い勇気の持ち主でした。

百田　「中国肺炎」を最初の時、軽視し、武漢には李克強首相を行かせて、自分は北京の病院をちょっと視察するだけの習近平とは格が違いますね。比較もできない。三月十日にやっと武漢を視察してみせたけど、こんなのを国賓に呼んで、今の天皇陛下と握手させたり晩餐会を開くなんて許せない暴挙になるところでした。

終戦直後に、天皇陛下はマッカーサーに会いに行きますが、彼は当初、天皇は「命乞いと言い訳をしに来たのだろう」と思っていました。そうしたら、まったく違っていた。天皇は「すべての大臣は私が任命した。だから、彼らには罪はない。全部、私に罪がある」と言ったのです。「私の命は閣下に委ねる。しかし、国民の命だけは助けてほしい」と訴えたのです。それで、マッカーサーはビックリし、回顧録で「その時、体中が震えた」と書いています。

江崎　敵国のトップを説得する力が、昭和天皇にはあった。何しろ国民を助けるためには自分の生命はどうなっても構わないと覚悟をされていたわけですから。そのお陰で、野坂参三を中心とした共産主義政権を創ることが頓挫したのです。

対日占領政策が変化した背景には、当時の時代状況、つまり東西冷戦の勃発などもありますが、何としても共産革命を阻止して、国民を助けたいと願って決死の覚悟で動かれた昭和天皇と吉田茂の功績は大きかったと思います。

戦争に負けて日本は平和になったというのはウソ

百田　そして、ＧＨＱの共産主義者と日共が、先述したように一九四七年二月一日に、日本全国でゼネストを計画します。このゼネストで吉田政権を窮地に追い込んで、国家機能をマヒ状態にして、一気に国会を占拠する。そして共産革命政権を樹立しようとしたのです。それがいわゆる２・１ゼネストです。それが、ギリギリ回避されました。

ゼネスト前日にマッカーサー司令官が中止命令を下したからです。チャールズ・ウィロビー一派が摑んだソ連スパイの策動ありとの報告を受け、それと共に度重なる吉田茂首相のゼネスト回避要請がマッカーサーを動かしたのです。

江崎　G2のウィロビーたちが、ソ連が本気で日本に工作員を送り込んできたことに警戒感を募らせていました。中でも、野坂参三たちの動きがどう考えてもおかしいと。

百田　野坂参三は戦時中は中国にいましたからね。

江崎　延安に居て、終戦後、凱旋将軍気取りで中国共産党の代理人として日本に乗り込んできた男です。かつ、ソ連のいいなりの男だった。野坂は同志の山本懸蔵らを密告していたことがばれて、晩年、日本共産党からも除名された。

百田　中共支配区で、野坂参三は日本人捕虜に対する洗脳工作を見聞しています。中国共産党は国民党や日本の捕虜たちをさんざん痛めつけましたからね。その手法の実態を、実際に体験した捕虜から聞いたウィロビーたちが、同じことを日本国内でさせてたまるかと動いたわけです。

もし、2・1ゼネストが日本で行われていたら……。

江崎　吉田茂の回想録（『回想十年』中公文庫）で書いてあるように「（日本は）破滅の道を進んだ」かも知れませんね。

百田　東欧諸国の東独、ハンガリー、チェコ、ポーランドのようなソ連に搾取されるだけの「衛星国」という名の奴隷国になっていた可能性がありますね。ソ連共産党に抵抗した「ハンガリー動乱」の時、当時のナジ・イムレ首相はソ連に殺されましたよね。

江崎　一般には「ハンガリー革命」と言われて、共産党政権に対して民衆が立ち上がって反旗を翻したのです。ソ連は戦車部隊を送り込んで、自由を叫ぶハンガリー市民を片っ端から殺しました。無茶苦茶でした。これに対して当時のアメリカは無力でした。

同じく日本も野坂政権になれば、ソ連と友好平和条約を結んでソ連軍の北海道進駐を認めるなんてことをやりかねなかったわけです。そうなれば、北海道はまずソ連の衛星国みたいになり、次は東北地方という形で、ハンガリーのようになっていたでしょうね。

ところが占領中に朝鮮戦争（一九五〇年〜五三年）が始まり、GHQの占領政策が完全に容共（日本弱体化）から反共（日本強化）への「逆コース」を取るようになり、自衛隊の前身である警察予備隊も作られた。ここにおいて、敗戦革命と言って「敗戦から共産革命へ」という、共産主義者の野望は崩れたのですが、独立回復後も、執拗にさまざまな工作を仕掛けていく。国会にデモ隊が乱入した60年安保闘争などは、先の食糧メーデーの再来で、あわよくば岸政権を打倒し、再び共産革命をやろうとしたわけです。下手すると内戦になる可能性もあった。

百田　危なかったですね。

江崎　その辺の事を知ると、「戦争で負けて平和憲法を手にしたから、日本は平和になった」というのはまったくの嘘であることが分かります。日本の戦後史は根本的に書き換えないといけないと思っています。

ソ連のスパイが日米分断に動く

江崎　ソ連の指導者であったレーニンの有名な演説が残っていて、「日本とアメリカという資本主義国家同士を闘わせて、お互いの反目を煽って、日本とアメリカを潰し合わせる。そのうえで、日本やアメリカを敗戦に導き出し追い込んで、大混乱の中で、敗戦革命を起こして一気に権力を握ってしまえ」とハッキリ言っているのです。

実際反目させるために、一九三一年にアメリカで「アメリカ中国人民友の会」が結成されます。アメリカ共産党が母体となったこの会が満洲事変以降、中国で日本軍がこんなに酷いことをやっていると、宣伝しまくるのです。

一九三七年にシナ事変が始まると、その動きはもっと大規模になっていきます。労働組合や平和団体が結集した「アメリカ平和民主主義連盟」といった団体が、「中国の人たちはこんなに可哀そうな思いをしています」と言って、中国を救えといったキャンペーンを行います。それが「ライスボール・キャンペーン」と呼ばれるもので、一食分のおカネを寄付してくださいという訳です。そして、募金活動の主体として「アメリカ共産党」を出すと警戒されるので「アメリカ中国人民友の会」とか「アメリカ平和民主主義連盟」という名称を使って、「中国人の友達になりましょうよ」と、あらゆるアメリカ人と団体に、これだけ日本軍によって迫害されている中国人を助けましょうという宣伝活動を展開していく。

また、ヘンリー・スティムソン元国務長官を名誉会長とする「日本の戦争犯罪に加担しないアメリカ委員会」という組織が、一九三九年にニューヨーク市とワシントンD.C.で六万部も反日のパンフレットをばらまきます。それは日本軍が中国で残虐な虐殺をやっていて、日本は悪魔みたいな国だという内容でした。その中心メンバーの多くは、「ヴェノナ文書」に出てくるソ連のスパイ、協力者たちです。

百田　一九二一年頃から、アメリカの対日政策が変わっていきます。日本人はアメリカの土地を自由に買えなくなるとか、あるいは、父親が持っているアメリカの土地をアメリカに住んでいる子どもが相続できないとか。かなり、日本人に対して厳しい排日政策が取られてきます。これも、コミンテルンの工作の影響があったかもしれませんね。

江崎　アメリカ政府はソ連が国際的組織であるコミンテルンを作った事で、警戒をしていました。実際、アメリカ共産党は革命のためにテロ工作をやるので、「赤の恐怖」と言って一九一九年の結党当時は、かなり弾圧されました。

ただ、残念な事にアメリカ共産党にいた人たちのなかには、日本からの亡命者や日系アメリカ人が多かった（カール・ヨネダ、ジョー・コイデ）。日系人や中国系は当時、アメリカで、差別や迫害を受けていたために、こういう人たちが共産党に入ったから、日系人は「赤」だというレッテルが張られ、それが原因で日系人が排撃されるという側面も見逃せません。

百田　一方で、日本は強くて素晴らしい国だから、アメリカ国内でも日本と仲良くしようという勢力はあったことはありましたよね。

江崎　そうです。アメリカには主に二つの対日グループが存在していて、一つは、アジアが安定するためには日本は強い方がいいと考える「ストロングジャパン（強い日本派）」です。もう一つは、日本が強くなるとアジアの平和が損なわれると考える対日警戒派の「ウィークジャパン（弱い日本派）」です。

百田　反日のウィークジャパンと、それを潰して、日本と協調して、太平洋をしっかり管理していこうというストロングジャパンという2つの派にアメリカ国内の意見は分かれた。

江崎　ええ。しかし、日本は効果的な宣伝工作活動を当時はあまりしておらず、逆にソ連、コミンテルンはそういう活動を徹底してやっていたので一九三〇年代になると、「ウィークジャパン派」が優勢になります。

当時、アメリカで「中国大陸で日本軍は残虐なことをしている」という、反日宣伝工作家が横行しているのを見て、日本政府は、「アメリカはけしからん」とただ言っていただけです。

しかし、たとえば、『日本外務省はソ連の対米工作を知っていた』（扶桑社）で書きましたが外務省の若杉要というニューヨーク総領事が「アメリカにおける反日宣伝に関して」という機密のレポートを、シナ事変、盧溝橋事変が起きた翌年の昭和十三年（一九三八年）に出しています。この極秘レポートを読むと、アメリカで反日宣伝をしているのは「アメリカ共産党」であるとハッキリ書いています。

百田　アメリカ人の総意ではないと指摘していたわけだ。炯眼《けいがん》ですね。

江崎　アメリカの反日世論を裏で操っているのはアメリカ共産党であり、コミンテルンなのだから、そういう謀略に騙されないで、「日本政府は反米になるな」という報告書を若杉総領事は日本政府に送っています。

百田　ちゃんと分かっていた官僚が日本にはいたということですね。

江崎　在米大使館や外務省は一生懸命にそういう冷静な報告をしていたのに、当時の近衛内閣は、まったく耳を傾けなかった。

百田　近衛内閣のブレーンには、尾崎秀実とかたくさんスパイがいましたからね。

江崎　その通りです。スパイがたくさんいて、この外務省のレポートは握りつぶされてしまっているのです。そして近衛がやったのが、「国民政府は対手（相手）にせず」（一九三八年一月）ですから（苦笑）。

百田　近衛文麿という公家出身の政治家は、今で言うたら、鳩山由紀夫サンかな。ノーテンキなところがありましたね。

江崎　ともあれ、アメリカの中枢部には百人以上のソ連スパイが入り込んでいたと言われています。中でも重要なのが、以前にも触れたハリー・デクスター・ホワイト（アメリカ財務省の財務次官補。ソ連のスパイ）。在米日本人資産の凍結を提案し、「ハル・ノート」（日米交渉において一九四一年十一月、アメリカ側から日本側に提示した交渉文書。到底、日本側が受け入れることが出来ない内容だった。コーデル・ハル国務長官の名前からこのように呼ばれる）の原案をこの人が作成した。それを受け取った日本はもはやアメリカとは交渉の余地はなし、戦争やむなしと決意し、海軍は真珠湾を奇襲攻撃し、日米戦争が始まった。

百田　その前に、アメリカは石油などを禁輸する。明らかに日本を戦争に追い込む作戦でした。

江崎　そういう経済制裁を日本に徹底的にやれと煽った中心人物が、このデクスター・ホワイトなのです。その人間がソ連のスパイだったということが判明した以上、開戦の責任に関しては、日本だけが悪いという旧来の解釈は見直す必要があります。

百田　ようするにソ連のスパイが暗躍して日本とアメリカの分断を図った。日本がやってもいない「戦争犯罪」を中国戦線でやっているといった偽装工作もやった。それにアメリカの国民の多くが乗せられて、徐々に反日親中世論が嵩じていき、日米開戦という避けられたかもしれない戦争になっていったわけですね。

江崎　日本でも反米感情を煽る人たちがたくさんいた。いわゆる右翼の人間や団体ばかりではなく、朝日新聞を含めて反米を煽った。しかし、よく考えてみると、こうした言論を展開した人の中には、日本国民の世論が反ソ・北進論にならないように、反米・反中・南進論に持っていこうとした策略もあったかもしれない。実際、ゾルゲ事件で逮捕され死刑になった元朝日記者で近衛文麿のブレーンだった尾崎秀実は、熱心な反中（反国民党）で日中戦争拡大論を展開しています。また、南進論を主張していましたから。

アメリカではソ連のスパイたちが反日を煽り、日本では同じソ連のスパイたちが反中・反米を煽っていた。その結果、ゾルゲ事件で尾崎などがスパイとばれて摘発されたものの、スターリンの思惑通り、日米激突となった。かくして彼らの「祖国」ソ連はナチスドイツのみ相手に戦争を遂行し戦勝国となり、ヤルタ協定によって、日ソ中立条約を無視して火事場泥棒的に日本に侵攻し、全千島列島、南樺太、北方領土を獲得することができた。北海道も半分は取ろうとしたけど、それはアメリカの拒絶で実現できなかった。

百田　中国国民党にもコミンテルンのスパイが忍び込み、蔣介石が日本と妥協しようとすると、それはよくないといって反対する国民党左派がいましたが、それもコミンテルンの手先だったようですね。

江崎　中国国民党の顧問を務めたオーエン・ラティモアという人がいます。彼自身がソ連のスパイであったという証明はされていませんが、彼を顧問に送り込んだのはソ連の工作員であったことが「ヴェノナ文書」によって判明しています。それは、ラフリン・カリー大統領補佐官です。ラティモアがさまざまな提言を蔣介石にする。それがことごとく「反日」的であったのは事実です。

百田　日米戦争勃発前の米国の大統領がルーズベルトだったのは日本にとっては大きな不幸でした。アメリカの大統領は基本的には二期しかできないのですが、ルーズベルトはヨーロッパ、アジアでの戦争に参加しないことを公約して三期目の大統領に当選したのです。しかし、ルーズベルトはイギリスのチャーチル首相から「アメリカはヨーロッパ戦争に参加してくれ」と頼まれます。そして「日本をやっつけてくれ」と懇願されるわけです。

しかし、ルーズベルトは選挙公約上、欧州での第二次大戦に当時は参戦出来ませんから、画策して日本から戦争を仕掛けてくるように働きかけました。日本が先に手を出したらルーズベルトは堂々と欧州での戦争にも参加できます。そのために、日本を戦争に追い込んでいく。その後ろで暗躍していたのが、アメリカのみならず、日本や中国国民党の中枢にまで食い込んでいたソ連のスパイだったのです。

江崎　策略的なインテリジェンスとしては、敵ながら天晴れというしかない（苦笑）。

スパイは大将（大統領）を操る

江崎　終戦が間近に迫った一九四五年二月のヤルタに、米英ソの首脳（ルーズベルト、チャーチル、スターリン）が集まり、第二次世界大戦後の国際体制について話し合いが行われました。老齢で判断力が低下していたルーズベルト大統領の側近アルジャー・ヒスが舞台裏で暗躍し、世界をソ連に有利な形で分け合う戦後のレジュームを作りました。それが東西冷戦の原因にもなったのです。ソ連の対日参戦と千島列島の編入もこの時に取り決められた。ヒスは政府高官とはいえ、彼がヤルタ会談全体を仕切ってしまった。

アメリカ軍の幹部たちはヤルタ会談で「絶対、ソ連に譲歩をしたらダメだ」と強くルーズベルト大統領に進言していました。「ソ連の対日参戦もノーというべきだ」と。そのレポートをアメリカ軍はホワイトハウスに送るのです。しかし、ホワイトハウスに送られてきた文書をチェックするのがアルジャー・ヒスです。このレポートをヒスはすべて握りつぶしたのです。

百田　酷いですね。これで一九四五年八月九日に、ソ連が日本との中立条約を破って参戦するわけですね。これはヤルタ会談でスターリンはルーズベルトと約束をしていた。それを後ろで操っていたのが、スターリンの手下だったというわけですね。

江崎　そうです。この時、アメリカ国務省幹部にジョセフ・グルーというストロングジャパン派の人がいました。元駐日大使の日本通で国務次官でした。ところが、そんな政府高官がヤルタ会談から完全に外されているのです。なのに、局長クラスの人間（アルジャー・ヒス）がヤルタ会談に行って仕切っているわけです。

百田　あの頃のルーズベルトは認知症で半分頭がボケていたという話もある。正常な判断力を失っていて、アルジャー・ヒスにいいように、操られた可能性が高い。

江崎　この歴史を今、アメリカ軍の情報将校クラスは懸命に学んでいます。前述しましたが、敵にホワイトハウスを乗っ取られたらアウトなのです。

——小学生のころ、「軍人将棋」で遊びましたが、一番弱い「スパイ」が、「大将」にだけは勝つので、「スパイ」って偉いんだと子供心に思っていましたが、敵のスパイは憎むべき存在ですね（苦笑）。

江崎　そうです。アメリカ軍がどんなに強力でも、スパイが大将（大統領）を意のままに操れば、国策は曲げられ国益が失われることになりかねませんから。

ヤルタ会談で、スターリンに手玉にとられて東欧諸国・バルト三国などが独立を失ったことに関して、かつてブッシュ（ジュニア）大統領が、ラトビアを二〇〇五年五月に訪れた時、「ヤルタ会談・協定は過ちだった」と正式に認め謝罪しています。

もし一九四五年の時、ホワイトハウスがソ連のスパイに乗っ取られていなかったら、こんな懺悔《ざんげ》をする必要はなかった。だから、ホワイトハウスをいかに敵側から守るのか、乗っ取られないようにするのか、それが、インテリジェンスにとって一番、大切なことなのです。この歴史の教訓を、アメリカの情報将校は深く認識しています。

スパイ防止法がいまだにない日本ですが、戦後の日本でも、ラストボロフ事件（一九五四年に発覚。駐日ソ連代表部の二等書記官ユーリー・ラストボロフがアメリカに亡命し、日本の外務省職員などをエージェントにしていた事実を証言）や、レフチェンコ事件（日本にいたKGB少佐のレフチェンコがアメリカに亡命後、一九八二年に日本でのスパイ活動を証言。政治家、マスコミの関係者に接触し対日世論工作をしていた）が発覚しています。

日本の政財界マスコミの世界に、いまもロシアや中国の魔手が忍び寄っているのは間違いない事実でしょう。それをいつまでも見て見ぬフリをしていたら大変なことになります。

百田　ルーズベルト政権やGHQのメンバーの中にソ連のスパイが相当数いたのだから、戦前の日本政府やマスコミにもさぞかしいただろうし、戦後もずっとそうだったんでしょうね。そしていまも……。

——戦前の近衛政権でも、ブレーンに尾崎秀実がいて、書記官長（いまの官房長官）や司法大臣を務めた風見章など、うさん臭い左翼人がいましたね。尾崎と違って、風見がスパイだったという証明はいまだにされていませんが、戦後は社会党左派政治家としてソ連・中共に迎合していった。彼は、書記官長の時、蘆溝橋事件直後、軍がなんとか収拾をはかろうとしているのに、そうはさせまいという感じで、閣僚に禁足令を出して、緊張感を煽ったりもしていました。まるで、日本と蔣介石とが衝突して、お互い、疲弊化するのを喜んでいるかのようにも見える行動をしていました。

百田　GHQは戦前の日本の支配層に対して、一九四六年一月に公職追放をやりましたね。職業軍人や政治家などを追放し、かわって共産主義者を刑務所から出所させて重用した。

『日本国紀』にも書きましたが、占領統治初期の段階で、共産主義を支援したことによって、日本のメディア、マスコミ、そして大学に共産主義が浸透しました。戦前の愛国心にあふれる学長、教授、先生たちが、次々に追放されてしまった。逆に、戦前に日本の大学から追放されていた無政府主義者、共産主義者を東大、京大にドンドン送り込んで、大学のトップクラスを占めていった。愚かなことをやってくれましたよね。

江崎　これを英語で「ソーシャル・エンジニアリング」、日本語だと「社会改造」という言い方をするのですが、共産主義者が使う典型的な方法です。特定の層をすべて排除して、自分たちの意向に沿った人間たちだけを権力の中枢に据えて、社会全体を改造するやり方です。権力によって社会の仕組み、人口構成などを無理やり変えてしまう考え方で、先人たちが築いた社会慣習や叡智を尊重しようとする保守派と真逆の考え方です。

百田　トップも全部代える。総入れ替えやね。

「天皇制」廃止のためのビッソンの地雷

江崎　共産主義の典型的なやり方を日本の占領政策の初期に実行させられてしまった。本当の共産国家なら「追放」ではなく「粛清」（処刑）だったでしょうが……。それでも生活の糧を奪われて路頭に迷う人も少なくなかった。

そしてトーマス・アーサー・ビッソン（太平洋問題調査会〈IPR〉系の日本研究家としてGHQ民政局に属し憲法や占領政策に関わった。著書『ビッソン日本占領回想記』三省堂）が皇室典範に関わったということに少し、触れさせてください。実は日本国憲法はもともと、英文で作られていました。その総司令部案を日本語に訳した時、日本側は日本に有利なように訳文を作ったのです。

まず、第一条の「皇帝ハ国家ノ象徴ニシテ又人民ノ統一ノ象徴タルヘシ彼ハ其ノ地位ヲ人民ノ主権意思ヨリ承ケ之ヲ他ノ如何ナル源泉ヨリモ承ケス」については、「人民ノ主権意思」を「日本国民至高ノ総意」と書き換え、「之ヲ他ノ如何ナル源泉ヨリモ承ケス」を削除した。もし「皇位は人民の主権だけに基く」という趣旨のこの一節が残っていたら、皇室のあり方を皇室の伝統に基いて考えていくこと自体が否定されてしまった恐れがありました。

次に、第二条の「皇位ノ継承ハ世襲ニシテ国会ノ制定スル皇室典範ニ依ルヘシ」については、皇室典範は皇室の家法であり、その発議権は天皇に留保すべきであるとの考え方から、「国会ノ制定スル」を削除した上で、「第百六条　皇室典範ノ改正ハ天皇第三条ノ規定ニ従ヒ議案ヲ国会ニ提出シ法律案ト同一ノ規定ニ依リ其ノ議決ヲ経ベシ」を追加したのです。

ところが、ビッソンがこの日本語訳はおかしいとGHQに申し入れをした。この日本案の条文をそのまま容認すると、皇室典範が皇室の家法として位置付けられ、政治家がその改正に口出しできなくなると指摘したのです。彼は、皇室を潰すためには、国会議員が自由に皇室典範を変えられるようにしないとダメだと思っていたわけです。

結局、彼によって、皇室典範の改正を国会議員ができるように改悪され、現行の条文「皇位は、世襲のものであって、国会の議決した皇室典範の定めるところにより、これを継承する」（二条）となってしまったのです。

百田 トーマス・ビッソンはソ連共産党のスパイだった。

江崎 そうです。「ヴェノナ文書」に出てくる「アーサー」というカバーネームを持つソ連のスパイがビッソンであったことは確認済みです。

このビッソンは本当に酷い男で、憲法に関してさらなる改悪を試みています。というのも、大日本帝国憲法では「皇男子孫之ヲ継承ス」として男系男子による皇位継承を明確に定めていたのですが、現行憲法は「世襲」と規定するだけで、男系による皇位継承の原則の規定は、国会の審議で改正可能とされた新皇室典範（「第一条　皇位は、皇統に属する男系の男子が、これを継承する」）に移されています。そういう風にさせたのもビッソンなのです。

もし、ビッソンの介入がなければ、新皇室典範も憲法と同等の最高法規であり、「皇位継承は男系男子による」という原則も最高法規となっていたはずなのです。

しかし新皇室典範が憲法の下位法となってしまった結果、憲法の男女平等条項に基いて

「女系継承もありうる」との解釈が成立してしまう余地が残ってしまったのです。そしてそれは現在の女性天皇論など、さまざまな形で影響を与えています。もし、悠仁さまのご誕生がなければどうなっていたことか。

百田　もしビッソンの容喙《ようかい》がなく、現行憲法が「皇男子孫之ヲ継承ス」となっていたら、改憲するしかなかった。巷の、日本共産党をはじめとする「女系天皇容認論」は憲法違反になっていたわけですね。

江崎　そうです。でも現実は逆で、皇室典範さえ改正すれば、女系天皇も認めることが可能になってしまった。そしてビッソン介入から半世紀を経て二〇〇一年六月、時の福田康夫官房長官が憲法の男女平等条項を踏まえ、「皇統とは男系及び女系の両方の系統を含む」と答弁し、「男系男子による皇位継承」という政府解釈を変更してしまったのです。この変更により、当時の小泉内閣は女系天皇を認める報告書を出すことができました。

――ビッソンが仕掛けた地雷をあえて踏んだような報告書でしたね。

日本には「デュープス」が一杯いる

百田　そういう風にソ連スパイの行動を見ていくと、日本の戦後はソ連共産党やその傀儡の日本共産党に相当、歪められましたね。先述したように、ＧＨＱも途中から、ソ連のスパイやそれに操られている勢力の存在に気づいて、追放しているのですが、中途半端に終わりました。

ともあれ、サンフランシスコ講和条約を調印して日本は、一九五二年に独立を回復しました。自由世界の多数の国々と講和して国際社会に復帰したのですが、日米安保体制も堅持することになり、当然、ソ連にとって都合よくありません。ソ連は日本が経済力の面で、潜在成長力の高い国であることを分かっていましたから、日本国が自由世界の陣営に入ることに強い警戒感を持っていました。

それで、「講和条約締結を阻止しろ」という指令を、戦時中に廃止したコミンテルンを改めた新組織ともいうべきコミンフォルム（一九四七年にスターリンらによって結成。主にソ連指導下の欧州共産党を束ねた組織）から受けた日本共産党や社会党左派などは揃って「単独講和反対」を口にしだす。

時の東大総長の南原繁なども先頭に立った。こんなのは「容共リベラル」もいいところ。「すべての国と講和すべきで、単独講和はよくない」という主張でしたが、当時、日本の講和に反対していたのはソ連とその衛星国家のチェコとポーランドだけ。英米仏など四十八カ国は賛成していた。だから「単独講和」ではなく「（圧倒的）多数講和」なのに、そういう言葉のイメージ操作によって、朝日をはじめとする日本のマスコミは猛反対をしていた。「安保法案」を「戦争法案」と呼称して反対していたのと同じ。左翼の卑怯なやり方は七十年経っても同じです。

江崎　南原さんみたいな人を「デュープス」というのです。別に共産主義者でも党員でもないでしょうが、共産党などの聞こえのいいレトリックに幻惑されたりだまされ易い人たちという意味です。簡単な言い方をすると「おバカさん」です（笑）。

百田　日本にはデュープスと呼ばれている人間が物凄くいる。コミンテルンやコミンフォルムなきあとも、親ソ派、親中派、親北朝鮮派などの学者文化人マスコミ関係者はウヨウヨいましたね。

江崎　自分は共産主義者ではないし、共産党員ではないが、結果的に共産党やソ連や中国に味方してしまう人たちが、スポーツ、芸能人、学者、政治家、文化人などに沢山います。こういう人たちに、共産主義を代弁させるような工作活動をさせる。先に述べた「影響力工作」「内部穿孔工作」です。政治的にノンポリの人でも、「容共リベラル」に仕立て上げる。これが日本共産党の得意技です。本当にうまいのです。

百田　本人は、自分はすごくいい人で、いいことを言っていると思い込んでいるのですから、厄介ですよね。

この際だから、ハッキリと言います。日本において地上波のワイドショー、ニュース番組に出ているコメンテーターは、ほぼデュープスですね。

江崎　マッカーシー旋風、つまり赤狩りの時に、マッカーシー上院議員は、ソ連を支援している人たちをすべてソ連のスパイ、協力者と位置づけました。しかし、それは間違いだったのです。共産主義者だったかも知れないが、ソ連のスパイではなかった人がたくさんいたのです。

百田　ハリウッドを追放されたチャプリンも別に共産党員ではなく、本当はただのデュープスだったと言われています。

江崎　そういう人たちは無自覚なのです。だから、そういう人たちをまともな人に戻すためにも、むやみに彼らをソ連のスパイだとか、共産主義者と決めつけてはいけないと思います。

自覚のない善意というか無知の人たちというか、単なるおバカさんまで「ソ連や共産党のスパイだ」というのは言い過ぎで、「そんなことを言うと、ソ連のスパイと誤解されるのでまずいよね」という言い方で、ちゃんと理解してもらうように働きかけることが大事です。それが我々の共産主義対策の基本です。

そしてデュープスは中央省庁にも存在します。たとえば内閣法制局です。これは、あまり知られていない事実ですが、現行憲法をニューディーラーの観点から解釈をしていて、実質的に皇室の敵と言われているのが内閣法制局です。内閣法制局というのは、法制に関する立案、調査や研究をしており、「法の番人」を自負しています。

憲法解釈を含めたさまざまな法律問題を司ります。たとえば、天皇の件で申し上げれば、天皇の地位を譲ることに上皇陛下は「譲位」といい、政府は「退位」といっていました。これは何かというと、「譲位」というのは、位を譲ること。「退位」は位を退くことですね。天皇陛下のご意思で皇位を譲ることは許されないという解釈を、内閣法制局はしたので、その内閣法制局の見解の言いなりとなった政府は「譲位」という言葉は使わずに、「退位」になったのです。

しかし、内閣法制局は、外国ご訪問などでは、天皇陛下の御意思を無視して訪問先を決定するわけにはいかないという答弁もしているのです。陛下のご意思で国政に関わることが決定されることを一方で認めながら、今回の「譲位」では、陛下のご意思を認めない。内閣法制局というところは、本当にいい加減な役所です。

百田　なるほど、天皇の位はすべて、国会で決めるものだから、天皇陛下は自らがそれをできないという解釈ですね。

江崎　内閣法制局は絶大な権力を有しています。その権力の源は何なのか。憲政史家の倉山満先生などが詳しく指摘していますが、法律の作成とその解釈を通じて各省庁にあれこれと指示できる点にあります。

以前、自民党の片山さつき議員が地方創生担当大臣の時に「スーパーシティ構想」に関して法案を出そうとしたのですが、ダメになりました。内閣法制局が、それは違憲の疑いがあるとクレームをつけたのです。政府がいくらやりたくとも、これは違憲の疑いがあると言われた途端、法案はすべて止まるのです。各省庁はいろいろな法案を出したいわけですが、内閣法制局がダメだと言ったら、法案は出せなくなります。

百田　これは、ある意味、影の内閣じゃないですか。

江崎　いや、影の内閣どころではなく、ある意味、絶対的な権力を持っていると言えます。

百田　法解釈の最高権力を握っているわけですね。

江崎　この内閣法制局が「ノー」と言ったら、すべてが動かないわけです。議員立法に関しては、衆議院、参議院の法制局、政府の法案は内閣法制局が担っています。一番、重要なのは内閣法制局となります。ここが、拒否権を持っています。

百田　内閣法制局で働いている官僚は、各省庁からの出向でしょうか。

江崎　混在です。幹部になれるのは、法務、財務、総務、経産、農水の五省出身者に限られ、そのうち長官になるのは農水省を除く四省庁という不文律があります。

百田　そうすると、大学を卒業していきなり内閣法制局に入局する人もいるし、財務省からの出向で入って来る人もいるわけですね。

江崎　財務省の官僚たちは予算を出す、出さないということで、力を持っていますが、法制局の官僚たちは「俺たち（内閣法制局）がダメだと言ったら、法案は出せない」と強気です。ですから、天皇の譲位はダメ、退位でないといけないと内閣法制局に言われたら、お手上げの状態になってしまう。しかし、それに対して政府側が「お前たちふざけるな」といえばいいのです。

陛下が「譲位と言っているのだから、譲位でいいじゃないか」といって対抗できるのですが、そうした場合、最終的に内閣法制局の長官を更迭することになります。総理権限を発動すると、内閣法制局は言うことを聞くこともある。

なお、そうやって政府解釈を変える場合は、国民に対してどうしてこのように変えたのかをきちんと説明することが必要です。

百田　そのときは、どっかの次官みたいに「面従腹背《めんじゅうふくはい》」？

江崎　実は安倍首相は外務省出身の小松一郎氏（元外務省国際法局長）を長官に任命したことがあります。まさに異例でした。彼は、集団的自衛権の行使に向けた憲法解釈の見直しに前向きでした。残念ながら任期途中で病死されましたが、旧来の政府解釈を変更することに貢献し、そのおかげで、限定的とはいえ、集団的自衛権を行使できるようになる安全保障関連法（安保法）が成立しました。

もっとも内閣法制局は戦後、一貫して集団的自衛権の行使は違憲だと言っていましたが、それは全くの間違いで、実際は鳩山一郎政権から池田勇人政権まで内閣法制局長官を務めた林修三の時代までは、集団的自衛権の限定行使合憲論だったのです。とにかく内閣法制局の見解は戦後、ぶれまくっているのですが、そのデタラメぶりは例えば、樋口恒晴著『平和という病』（ビジネス社）などに詳しく書かれています。

東大法学部は「デュープスの総本山」か

百田　しかし、あろうことか内閣法制局は、皇位継承の最も重要な儀式である大嘗祭《だいじょうさい》を否定したことがありますね。

江崎　ええ。現在の上皇陛下が、天皇に即位された時の話です。皇位継承に関しまして、最も重要な儀式が大嘗祭です。即位の礼と大嘗祭はセットになっていまして、昭和五十年代に内閣法制局は、大嘗祭は政教分離の疑いがあるから国費ではできないと主張していたのです。

このため大嘗祭が出来ない可能性がでてきた。ところが、昭和天皇がお体を悪くされて、昭和天皇のご快復を祈願して多くの国民が皇居に押し寄せたことがありました。

それを見て、当時の竹下登首相は、これだけ国民から慕われている天皇・皇室なのだから、国が大嘗祭という儀式をしないのでいいのか、しないのはあり得ないと考え、小渕恵三官房長官と共に内閣法制局とやり合って、説得し、大嘗祭は即位を伴う重要な儀式だから行うべきだとなったのです。首相と官房長官が、こんなふうに内閣法制局を論破したことがありました。総理や官房長官がその気になれば出来るのです。

平成から令和にかけて元号の公表を即位の礼より早く公表しました。なんでこうなったのか。

理由は簡単でして、天皇陛下の即位と一緒に元号の公表を行うことは、国民主権に馴染まないというのが内閣法制局の見解でした。だから、新たな元号発表と天皇の退位を一カ月、ズラしたのです。それはおかしいだろうと、総理補佐官が異議を唱えたのですが、このときは残念ながら内閣法制局が勝ってしまった。

百田　そういう事だったのですか。前もって印刷物とか、民間の混乱を抑えるために、公表を早めたという理由をつけていましたが、内閣法制局が皇室の権限を削ぐためにやった事なのですね。

江崎　国民主権に違反する懸念があるためというのが、横畠裕介内閣法制局長官の見解でした。私からすれば、一官僚如きが思い上がるなと言いたいですね。なぜ内閣法制局がこのような唯我独尊的な考え方になってしまうのか。

それは、内閣法制局の官僚が東京大学法学部卒業のエリートたちばかりだからです。憲法解釈で戦後、もっとも影響を与えた人物が存在するわけですが、その人物の意思が内閣法制局に色濃く影響力を与えています。それは、この本で何回か登場した憲法学者・東大法学部の宮澤俊儀さんです。宮澤さんは、国政と皇室を限りなく切り離す憲法解釈を打ち出した「デュープスの総本山」です。

エリート官僚と共産主義の思考は底辺でつながっている

百田　これは結局、繰り返しになりますが、東大卒がダメなんです。その原因は、実は、東大に入学する以前にあります。

現在、中学高校生が習っている教科書が日本の自虐史観に基づいた思想で出来ているのはよく知られていることですが、中でも「学び舎」の教科書が特にひどいのです。中学校教科書で各社が近年は採用しなかった慰安婦に言及し河野談話も取り上げたりしている教科書です。ところが、中高一貫の有名私立進学校の中に、この教科書を使っている学校が実に多いのです。つまり東大に進学する子供たちの多くは、そんな教科書で学んでいるのです。東大を目指すような丸暗記型の優等生は十代に教科書の中身をすべて覚えてしまって、洗脳されてしまいます。そういう生徒は性格が素直な事もあって、リベラル的な思考が出来上がってしまうわけです。

そして、この若者が東大に入学して、さらに左翼系の学者、教授に教えられ、国家公務員の上級試験に合格して高級官僚(財務省、外務省、経産省、厚生労働省、内閣法制局など)になっていきます。ですから、どうしても東大を卒業した官僚、あるいは司法試験に合格した司法関係の人間は左翼系が多くなるのです。

江崎　厄介なのは、エリート官僚たちと共産主義というのは親和性が高いという点です。なぜ親和性が高いかというと、共産主義の一党独裁は、党が決めたことに庶民は黙って付いてくればいいという考えに基づくからです。そしてエリート官僚たちも自分たちが決めたことに庶民は黙って従えばいいと内心思っている。

自分たちのように頭のいい人間に、頭の悪い人間は黙ってついて来ればいいんだと。消費増税もそうであって、いちいち文句を言うなと。そういう、傲慢なエリート官僚と共産主義者とは共通性がある。自分たちの判断は間違えることはないという無謬《むびゅうせい》性の点でも同様です。だからエリート官僚の人たちは共産主義になびきやすいのです。

百田　日本の官僚は傲慢というか、偉そうですよね。かつての大蔵省（現在の財務省）は民間銀行をすべて意のままにして、あるいは通産省の官僚は、あらゆる産業界に対して口を出していました。自由主義社会だったら、認めればいいのに、規制ばかりで、なかなか認めようとはしない。

たとえば、オートバイの大手メーカー本田技研が、自動車を生産したいと言ったら、通産省が反対をした。本田技研が経営方針として新たに自動車生産に乗り出すと言っているのに、通産省の官僚は「それは、いけない。ダメだ」と拒否。民間企業が自らリスクで新しい事業に進出したいと言っているのだから、やらせればいいじゃないか。それをストップさせる権利が官僚のどこにあるのか。創業者の本田宗一郎は気骨のある人間でしたから、そんな官僚のいう事を撥ね付けて自動車生産を始め、いまや「世界のホンダ」ですよ。そのように民間企業の経営方針まで、官僚は平気で口を出すのです。一歩間違えたら共産主義国家ですよ。

江崎　これは戦前も同じでした。国家統制法を使って当時、日本は官僚主導の下に、事実上の共産主義的統制経済をドンドン推し進めていきました。近衛と東条内閣の時です。実はこれって、エリート官僚の一党独裁に対する強い憧れが現れた証なのです。別に彼らは共産主義者ではないのですが、妙な共通性があります。

だから、これから日本が注目すべきなのは、トランプ大統領が演説などで繰り返し主張している事です。「アメリカは庶民の国であって、官僚の国ではない」と。庶民の国なのだから、庶民が活躍できるような税制にする。だから減税第一なのです。

官僚たちに無駄なおカネを使わせるようなことをしたら、官僚たちは統制主義経済を始めてしまう。だから、そうならないように庶民からできるだけ税金を取らないようにする。民間の活動に政府はできるだけ邪魔をしないようにする。それがアメリカの保守派の基本的な考え方です。その点、安倍政権はどっちを向いているのか。

――安倍首相は社会主義経済を推進しているといわれていますね。朝日現役記者の鯨岡仁氏の『安倍晋三と社会主義　アベノミクスは日本に何をもたらしたか』（朝日新書）という本が最近話題になりました。帯には『「満州国」を主導した岸信介を継ぐ』『「統制経済」の思想水脈と恐るべき結末』とありますが、安倍首相の祖父の岸信介さんと、社会党右派の三輪寿壮氏との人間的&思想的交友のあった事実を辿りながら、その教えが安倍さんにも伝授されており、その経済政策を見る限り、世界的視野から見れば、それは「新自由主義」経済ではなく、民主社会主義の福祉国家路線に似通ったものであるということを詳細に論じています。

江崎　世界標準から判断するとアベノミクスはそうなります。増税を繰り返すというのは官僚主導の社会主義路線ですからね。

減税によって国民の自由な経済活動をできるだけ尊重しようとするトランプ流の経済政策とアベノミクスとはかなり違います。

百田　年度末になると、我が家の近所では道路を何回も掘り返すのです。水道、ガス工事で、カネ（予算）を消化するために慌ててやっています。これって、前述したように「ゼロ戦」を生産するときの無駄と一緒です。日本は変わっていないのかな（苦笑）。

江崎　税金を取りまくっていたら、日本は本当に滅びますよね。渡部昇一先生はいつも言っていましたが、「税金高くして国は滅びる」と。だって税金が高ければ国民は働く気をなくします。

それで、イギリスの元首相サッチャーさんやアメリカのレーガン大統領は福祉国家的な経済の行き過ぎを修正しようとしてサッチャリズムやレーガノミクスをやった。トランプ大統領も同様ですが、最近の安倍総理はどうなっているのか、かなり不安ですね。「中国肺炎」による企業などの苦境を救うために、政府は補助金や助成金など、政府による介入を強める政策ばかりが打ち出されていて、消費税減税や社会保険料の負担軽減といった「国民の自由拡大」政策が見えてこないことが気がかりです。

日米が連携すれば「歴史戦」でも負けない

百田 いやあ、それにしても「中国肺炎」をめぐっても、いろんな言説がありましたが、発生元の中国に忖度するばかりで、中国人の訪日を封じ込めることを主張するのは私たちぐらい。安倍叩きができるとなると、サクラからコロナに乗り換える人も「後出しジャンケン」で続出。こういった「デュープス」が日本の将来を悪くする元凶ですね。この「デュープス」を今年の流行語大賞にしたらいいですね。

――そんなタイトルの映画でも作るといいですね。「万引き家族」みたいに「デュープス家族」。

百田 共産主義者はプロパガンダが非常にうまい。ソ連が誕生した時に、レーニンは「すべての芸術の中で、もっとも重要なのは映画である」と喝破して、映画をプロパガンダにうまく利用しましたね。セルゲイ・エイゼンシュテインの『戦艦ポチョムキン』とか。

江崎　ソ連・コミンテルンによるプロパガンダ工作手法を生み出した一人が、ドイツ共産党のヴィリ・ミュンツェンベルクです。彼はドイツにおいて、映画や雑誌を使ってソ連と共産主義のすばらしさをアピールすることに成功し、他のヨーロッパ諸国やアメリカにも大きな影響を与えました。洗脳工作をするにはメディア界を支配することだと教えます。そしてメディア界に一生懸命入っていき、シンパ、デュープスを獲得していくのです。

百田　『日本国紀』は江崎さんにも監修していただきました。あの本で、私が本当に書きたかったのは十二章（敗戦と占領）、十三章（日本の復興）、終章（平成）です。戦後のGHQに入り込んだソ連のスパイと、隠れ共産主義者のデュープスたちによってどれだけ日本が歪められたかを、克明に書きました。

ところで、『日本国紀』は出版直後から、左派や歴史学者のバッシングが凄かった。「ここが違う」「あそこがおかしい」とか、ほんまに重箱の隅をつつくように。たとえば呉座勇一氏といった一部の歴史学者も、いろいろと噛みついてきました。ところが彼らは、十二章、十三章、終章へのバッシングは一切しなかった。この三つの章には触れてこないのです。そこは避けて、古代や中世の小さなところを批判する。

それで、あたかも、この本は嘘本であり、価値のないものであるというイメージを植え付けようとしていたみたいでした。現代史のタブーに踏み込んだ内容を批判するのはまずいと考えたのでしょう。

江崎　ただ、騒いでくれたおかげで手にする人が増えて、いい意味で「百田史観」に共感する人が若い人を中心に増えたのではないでしょうか。だとしたら批判した人に感謝すべきかもしれませんね（笑）。

百田　最後に江崎さんにうかがいたいのですが、これから日本のとるべきインテリジェンス政策はどういうものがありますか。アメリカの保守派と連携するのもいいのではないですか。

江崎　前回の大統領選挙でトランプ氏が劣勢だった時、トランプを絶対に大統領に推すべきだと言って、全米の保守派に号令をかけた人がいるのです。フィリス・シュラフリーという女性運動家ですが、日本で言えば櫻井よしこさんみたいな方です。全米の草の根運動のリーダーで、一千万人以上の支持者を率いていました。セントルイスに住んでおられたので、私は二〇〇六年に、会いに行ったことがあります。

その時、彼女は「ヴェノナ文書」の話を一生懸命にしていて、この文書のお蔭で、私たちの言っていることの、正しさがようやく証明されたと、喜んでいました。

真珠湾攻撃はルーズベルト大統領が日本に仕掛けたことを保守派の人たちは知っている。だけど、「アメリカメディアは自分たち保守派の意見を、聞こうともしないし、記事にも載せてくれない」と嘆いていました。「その事が、日本に全然、伝わっていないけれど我々、保守派はちゃんと分かっている」と言っていたのです。フィリス・シュラフリーさんは二〇一六年に大統領選挙投票日の二カ月前に亡くなるのですが、トランプ氏はわざわざ、この葬儀に参加されました。アメリカの保守派の人たちの中でしっかりと歴史を学んでいる人たちはルーズベルト、スターリンこそが最大の敵だったと公言しています。このように考えている人たちと日米が連携して一緒にやっていけば「歴史戦」でも心強いと思います。

百田　ＣＮＮとかアメリカの報道を見ていると、アメリカにもデュープスがいっぱいいますね。いや、これは世界的な傾向かもしれませんね。

江崎　日米の戦前の対立はコミンテルンが仕掛けたもの。それに惑わされて日米は不幸な戦争をしてしまったけれども、いまや日米両国は最良の友好関係を維持しています。しかし、その友好関係を破壊し、日米分断をしたいと考えている国がある。いうまでもなく中国、北朝鮮、そしてロシアです。

その中国の利害のために日本国内（沖縄など）でさまざまな形で蠢いているのが「デュープス」です。コミンテルンの亡霊に怯える必要はありません。しかしこのデュープスをのさばらせないようにするために対外インテリジェンス機関が活動をしているのですが、その活動を支える学問的な基盤が必要です。

そこで欧米諸国では一九八〇年代から、インテリジェンス・ヒストリー（情報史学）という新しい学問が導入されています。日本では、京都大学の中西輝政名誉教授がその第一人者です。ソ連や中国共産党のスパイ工作、影響力工作、プロパガンダ工作に対抗するためには、まずインテリジェンスに関わる歴史をしっかりと研究しようということなのです。

その一環として「ヴェノナ文書」の研究が進められているわけです。

よってアメリカの保守派と連携を深めていくためにも、このインテリジェンス・ヒストリーという新しい学問を学んでもらいたいと思います。

おわりに――インテリジェンスの重要性を知ってください

　百田さんの歴史経済小説『海賊とよばれた男』のモデルとなったのは、出光興産の創業者・出光《いでみつ》佐三《さぞう》さんです。この出光さんは戦前の一九四一年一月（昭和十六年）、幕末の志士・吉田松陰の妹の曾孫にあたる小田村寅二郎さんらが創設したシンクタンク「精神科学研究所」を経済的に支援しているのです。

　一九三八年（昭和十三年）、当時、東京帝大の学生だった小田村さんたちは、本書でも取り上げている憲法学の宮澤俊義教授、国際法の横田喜三郎教授らの講義の問題点をある月刊誌で指摘したため、「師弟道に反する」と非難され、退学処分を受けてしまいます。「学生のくせに大学教授の講義を批判するとは何事か」という理由で、退学させられてしまったのです。

　その後、東大を退学させられた小田村さんとその仲間たちは「シナ事変の長期化と統制経済は日本の共産革命を誘発しかねない」として、当時の政府と軍部の政策を批判する言論活動を始めたのですが、その活動を資金的に支援したのが出光さんたち経済人の一部なのです。資金援助などをすれば政府や軍部に睨まれるのも分かっていたでしょうが、戦前の経済人、財界人には気骨のある人がそれなりにいたのです。

詳しくは拙著『コミンテルンの謀略と日本の敗戦』（ＰＨＰ新書）に書きましたが、残念ながら、小田村さんたちの活動は日米戦争の勃発とともに「政府の政策を批判するのは非国民だ」として東條政権によって弾圧されてしまいます。

戦後、吉田茂総理の経済ブレーンを務めた山本勝市衆議院議員らの支援を受けて小田村さんたちは社団法人国民文化研究会を創設します。敗戦後の日本を立て直すためには「人材育成こそが重要だ」として、出光さんや評論家の小林秀雄先生らの支援を受けて大学生に日本人としての誇りと伝統を教える教育事業を始めたのです。

その教育活動は現在も続いていて、かくいう私も大学生のときに、この国民文化研究会と出会ったことから、日本の歴史と伝統の大切さに目覚めました。

間接的ではあるものの、ある意味、出光さんは私にとって恩人ともいうべき存在でしたので、書店の店頭で『海賊とよばれた男』を見つけたときはすぐに買って読みましたし、出光さんのことを書いて下さった百田さんには感謝し、ひそかに注目しておりました。

ですから、人気動画番組の「虎ノ門ニュース」に百田さんのゲストとして出演しないか」

という打診を受けたときは、本当に驚きましたし、嬉しかったです。二〇一八年十二月、収録の日の朝早く控室に伺うと、百田さんが「江崎さん、宜しくお願いします」とおっしゃって下さったことは今もよく覚えています。

番組に出演しての感想はと言えば、一言で言えば、「本当に楽しかった」ということに尽きます。視聴されているとお分かりになるでしょうが、隣で聞く百田さんと居島一平さんのやり取りは実に面白くて、笑いをこらえるのが大変です。

そして、ひとえに百田さんと「虎ノ門ニュース」の優秀なスタッフの皆さんのおかげなのですが、「ヴェノナ文書」や「デュープス」を始めとするインテリジェンスに対する理解が一気に広がったことは本当に有難いことでした。

インテリジェンスに対する国民的理解を広げたいと願ってきた私にとって、これほど嬉しいことはありませんでした。というのも、政治もそうですが、軍事（自衛隊）やインテリジェンスもまた国民の理解があってこそ成り立つものだからです。その国民的理解を広げるうえで、百田さんと「虎ノ門ニュース」が果たされた役割は本当に大きいと思っております。

この「虎ノ門ニュース」での特集コーナーでのやり取りを注目して、一冊の本にしようと提案してくださったのがＷＡＣの『Ｗ・ｉＬＬ』編集長の立林昭彦さんと出版局の仙頭寿顕さんです。かくして「虎ノ門ニュース」の特集で取り上げたテーマで、この本のためにあらためて行った対談をまとめたのが本書です。

本書では、今回の「中国肺炎」をめぐる危機管理から憲法改正、安全保障とトランプ政権、先の戦争の反省と教訓、皇室と内閣法制局、インテリジェンス、そして「ヴェノナ文書」と、現代日本の政治的な課題について具体的なエピソードを紹介しながら多角的に取り上げています。

「虎ノ門ニュース」と今回の対談を通じて、国民の心に届く言葉をつむいでいく百田さんの才能には心から感動しました。

本書の中で、「百田さんを政府広報官に」という話をしていますが、私は至って真面目です。そして恐らくトランプ政権ならば、百田さんを始めとする民間の優秀な方々を何らかの形で登用していると思います。

何よりも政治とは、言葉の芸術の世界でもあるのです。そして官僚の言葉は面白みに欠け、政治に対する国民の関心を損なわせることが多いのが現実です。逆に国民の心に届く言葉を政治の側が発することができれば、政治と国民との間はぐっと近づき、その政策の実現性は高まります（その背景に、精緻な理論と財源の裏付けがあることが前提です）。

よって偉大な政治家は、イギリスのチャーチル首相しかり、フランスのドゴール大統領しかり、アメリカのレーガン大統領しかり、皆さん、見事な文体、言葉を持っていました し、優秀な人材を官民問わずに登用していました。

この対談を通じて、より多くの方々にインテリジェンスの重要性を知っていただければこれに勝る喜びはありません。

令和二年三月吉日

江崎道朗

百田尚樹（ひゃくた・なおき）
昭和31（1956）年、大阪市生まれ。作家。同志社大学中退。放送作家として『探偵!ナイトスクープ』等の番組構成を手掛ける。2006年『永遠の0』（太田出版、現在講談社文庫）で作家デビュー。『海賊とよばれた男』（講談社）で第10回本屋大賞受賞。「日本通史の決定版」として書き下ろした『日本国紀』（幻冬舎）が大ベストセラーになった。そのほかに『カエルの楽園』（新潮社）、『今こそ、韓国に謝ろう　そして、「さらば」と言おう』（飛鳥新社）等がある。

江崎道朗（えざき・みちお）
昭和37（1962）年、東京都生まれ。評論家、拓殖大学大学院客員教授。九州大学卒業後、月刊誌編集、団体職員、国会議員政策スタッフを務めたのち、現職。安全保障、インテリジェンス、近現代史などに幅広い知見を有する。2019年第20回正論新風賞受賞　。著書に『コミンテルンの謀略と日本の敗戦』『日本占領と「敗戦革命」の危機』『朝鮮戦争と日本・台湾「侵略」工作』（PHP新書）等がある。近著は『日本外務省はソ連の対米工作を知っていた』（育鵬社）。

危《あや》うい国《くに》・日本《にほん》

2020年４月30日　初版発行
2020年６月11日　第３刷

著　者　百田尚樹・江崎道朗

発行者　鈴木　隆一

発行所　ワック株式会社
東京都千代田区五番町4-5　五番町コスモビル　〒102-0076
電話　03-5226-7622
http://web-wac.co.jp/

印刷製本　大日本印刷株式会社

ISBN978-4-89831-489-0